Entre deux saisons
de bonheur

Irene Dische

Entre deux saisons de bonheur

Traduit de l'anglais
par Jeanne Étoré

Neuf
l'école des loisirs
11, rue de Sèvres, Paris 6e

Titre de l'édition originale : « Zwischen zwei Scheiben Glück »
(Carl Hanser Verlag, Munich et Vienne)
Loi n° 49.956 du 16 juillet 1949 sur les publications
destinées à la jeunesse : septembre 1998
Dépôt légal : mars 2003
Imprimé en France par la Société Nouvelle Firmin-Didot
au Mesnil-sur-l'Estrée (62978)

Jusqu'au 2 mars 1944, c'est-à-dire il n'y a pas si longtemps encore, le Dr Nagel, austère vieux médecin de village, aimait à se plaindre de ce que son impétueux fils Laszlo fût un étranger pour lui.

– Laszlo est une tête brûlée, marmonnait-il à la fenêtre ouverte sur un nouveau matin, tandis que son valet se penchait un peu vers lui en se bagarrant pour nouer la cravate marron du docteur.

– Laszlo prend trop de risques, disait-il à la lourde porte de bois de son bureau avant d'entrer et de commencer sa journée de travail.

– Laszlo n'a pas hérité de cette intelligence froide qu'ont toujours eue les Nagel, grommelait-il dans sa tasse de thé, lorsqu'il était assis, comme tous les après-midi, dans sa bibliothèque.

– Il en a toujours été ainsi avec ton père. Tu peux t'estimer heureux que je m'occupe de toi, disait-il à son petit-fils Peter. Laszlo Nagel n'a aucun sens de la mesure.

Et le Dr Nagel soupirait, ému par ses propres paroles, en caressant la tête du petit garçon qui luttait pour refouler ses larmes.

Il n'y avait pas si longtemps, le fils du Dr Nagel, ce fou de Laszlo, alors qu'il faisait encore ses études à Budapest, était venu en visite dans son village natal. Il n'était pas resté longtemps, mais tout de même assez pour tomber amoureux de la nièce d'un voisin, Dalia, une jeune fille rousse avec des taches de rousseur. Elle était venue d'Allemagne et faisait un long séjour chez son oncle. Dalia avait seize ans, Laszlo en avait vingt. Il lui dit que l'harmonie qui se dégageait de ses yeux, son nez et sa bouche l'éblouissait jusqu'à lui faire perdre la vue. Que le son de sa voix lui faisait perdre l'ouïe et que sa douce main le rendait fou. Il tremblait en disant cela. Pourtant il n'avait pas froid. Même ses cheveux noirs étaient brûlants.

Dalia n'eut pas le loisir d'interroger son propre cœur – Laszlo la submergeait du sien. Lorsqu'il lui rendit visite à nouveau quelques semaines plus tard, elle se laissa entraîner dans le jardin pour qu'il lui donne un baiser, puis elle se mit à pleurer. Tandis que les larmes ruisselaient sur ses taches de rousseur, elle lui annonça que sa première visite avait déjà porté ses fruits : elle était enceinte. Loin de chercher à la consoler, il fonça dans sa chambre, à la maison, se posta à la fenêtre et fit partir des fusées qu'il avait mises de côté pour une occasion spéciale. Tout le monde a gardé le souvenir de leur noce, car cela avait été une grande et joyeuse fête. La moitié de l'Allemagne avait apparemment afflué dans cette petite localité. Et manifestement, même le Dr Nagel s'était bien amusé.

Dalia était partie vivre avec Laszlo à Budapest. Pour son dix-septième anniversaire elle avait mis au monde le petit Peter. Le Dr Nagel était arrivé quelques semaines auparavant pour assister à la naissance de l'enfant. C'était un excellent médecin ; il n'avait pas l'intention de confier la santé de son petit-fils à un autre médecin. L'enfant lui plut.

– Un enfant calme, dit-il avec soulagement. Il tient plutôt de la mère que du père.

Le Dr Nagel avait déjà doublé le montant de la pension qu'il versait régulièrement à Laszlo, il paya dès lors en plus une nurse et une domestique. Laszlo terminait ses études de droit. Le Dr Nagel avait été très déçu que son fils unique ne voulût pas devenir médecin, mais il ne s'en plaignait que rarement et finit par s'en consoler tout à fait lorsque avec un peu de chance Laszlo trouva un poste bien payé dans les services diplomatiques. Du reste, ce n'avait pas été uniquement la chance. Laszlo Nagel avait aussi du charme et de bonnes manières, un visage aimable et l'énergie d'un optimiste. Il s'en sortirait bien dans une grande institution. Le Dr Nagel voulut montrer à son fils qu'il était content de lui. Il lui fit donc un somptueux cadeau : une automobile.

La voiture était rapide, noire et brillante. Laszlo dit à Dalia de faire un baiser à l'enfant pour lui dire au revoir, qu'ils allaient faire un tour en voiture. Il roulait très vite et quand sa femme ferma les yeux tellement elle avait peur, il prit sa main et la tint serrée. « Il est trop passionné en tout », se lamentait toujours le Dr Nagel. Peut-être y avait-il un morceau de verre sur la route. Un pneu éclata. Comme il ne tenait le volant que de la main gauche, Laszlo perdit le contrôle de la voiture qui alla percuter un arbre. Laszlo n'avait pas non plus tenu assez fort la main de Dalia. Elle fut tuée dans l'accident. Lui s'en tira avec quelques bosses et quelques égratignures.

La mort de Dalia rendit Laszlo Nagel très triste pendant quelque temps. Mais ensuite son naturel reprit le dessus. Il ne pouvait rien y faire, il aimait la vie. À Budapest, il passa bientôt pour un veuf joyeux. C'était aussi un père amusant. De temps en temps, il prenait une journée de liberté pour jouer avec son fils. «Jouer», c'était le terme qu'il employait. D'autres auraient appelé ça «se balader», «faire un tour». Il explorait avec Peter des quartiers où les adultes honorables ne mettaient jamais les pieds. Il prenait l'enfant sur ses épaules et se faufilait à travers la foule pour assister à un combat de coqs. Il l'emmenait avec lui à la Cour suprême et lui faisait ensuite visiter la prison centrale. Dans la rue, il bavardait avec des gens qu'il ne connaissait pas, qui ne s'étaient pas lavés ni rasés depuis des mois, ou avec des gens dont on aurait pu croire qu'ils allaient attaquer une banque. Il aimait à dire : «Je suis un homme qui a de la chance ! »

Son fils croyait tout ce qu'il lui racontait, même la légende selon laquelle il l'aurait acheté dans un magasin spécial de petits rouquins. Lorsque Peter lui demanda d'acheter aussi une petite sœur ou un petit frère, Laszlo fut tout de suite d'accord. Il emmena Peter dans la même petite ville inconnue et poussiéreuse où il l'avait prétendument acheté quelques années auparavant. Mais le père ne réussit pas à retrouver le magasin. À la place, ils allèrent donc tous deux à la foire, et ce fut tout aussi bien.

Au printemps, lorsque les sauterelles

s'abattirent sur le pays en si grand nombre que les gens commencèrent à parler de fléau, Laszlo passa des après-midi entiers à les observer. Il arrivait à distinguer les mâles des femelles. Peter regardait son père fouiner dans les buissons du jardin public en laissant traîner par terre derrière lui son beau veston.

Peter savait que son père n'avait peur de rien, ni des chiens qui montraient les dents, comme ceux qui leur avaient aboyé dessus dans on ne sait quel village, ni des remarques acerbes de son propre père qui venait une fois par mois en visite pour une fin de semaine et chaque fois disait dès le premier soir: «Laszlo, ça ne peut pas aller.»

Ces soirs-là, Laszlo donnait congé à la nurse et mettait lui-même Peter au lit, ce que le Dr Nagel désapprouvait. Ce genre de chose était l'affaire des domestiques. Mais le Dr Nagel ne pouvait pas en dissuader son fils, et tandis que Laszlo aidait Peter à se laver les dents, le vieux monsieur attendait impatiemment la suite de sa conversation sur les défauts de Laszlo. Lorsqu'ils ressortaient de la salle de bains, Laszlo inclinait la tête pour écouter les pas du vieil homme qui marchait de long en large, en bas, au salon. Il fronçait les sourcils, s'aplatissait par terre, collait l'oreille sur le sol et faisait signe à Peter de l'imiter. Ils étaient tous les deux à plat ventre par terre et tendaient l'oreille.

– Tu entends ton grand-père ? demandait Laszlo. Tu l'entends marcher de long en large ? Du souci, du souci et encore du souci. À cause de nous ! Ah ! Tu entends le verre ? Il s'est arrêté pour boire une gorgée de cognac. C'est très bien. Il fait froid dehors. Maintenant, il marche de nouveau.

Laszlo sautait sur ses pieds, soulevait son fils dans ses bras et disait alors :

– Qu'est-ce que tu fais là couché sur ce sol glacé ?

Puis il jetait l'enfant au milieu du lit sans autre cérémonie, et l'on pouvait entendre les gloussements de Peter à travers toute la maison. Les pas s'arrêtaient à l'étage inférieur.

– Mon Dieu, il nous écoute, disait le père de Peter. Je suis perdu ! « Avant de dormir, il faut que les enfants aient du calme », va-t-il encore me dire.

Il s'asseyait au bord du lit, prenait la main de son fils, le dévisageait attentivement et murmurait :

– En tout cas, je sais que tu auras ton caractère quand tu seras grand. Tu n'auras peur de rien. Pas même de la mort. Mais surtout tu aimeras la vie. Oh, oui, je suis sûr que tu profiteras de la vie. Et tu as les doigts qui collent. On a oublié de se laver les mains. Mais, maintenant, tant pis.

En bas, le Dr Nagel se remettait à marcher de long en large. Laszlo caressait le front de Peter, le regardait dans les yeux et continuait à parler à voix basse d'art et d'architecture, il lui disait qu'il y avait des gens qui se comportaient comme des cochons, mais que ce n'était pas gentil pour les cochons de dire ça. Voyant bien que ces étranges discours ne changeaient rien à la gaieté profonde qui se lisait sur le visage de son père, l'enfant s'endormait dans la chaleur du regard affectueux de Laszlo.

Laszlo Nagel était veuf depuis plusieurs années et Peter avait six ans quand

Laszlo envoya son fils passer quelques semaines chez son grand-père. Mais les semaines s'étirèrent, elles devinrent des mois, et Peter était assez grand pour se languir terriblement de son père. La maison du Dr Nagel était pour lui comme un pays étranger, avec des usages bizarres et rigoureux qu'il fallait d'abord apprendre. Les repas servis à la cuisine scandaient le rythme des journées que l'enfant passait essentiellement avec Martha, l'une des domestiques. Martha avait un visage allongé, constellé de boutons, de très longues jambes et un dos cambré. Bien qu'elle n'eût pas même vingt ans, on aurait dit une vieille jument harassée, et elle suivait toujours à la lettre les instructions du Dr Nagel.

– Jamais de sucreries pour les enfants, disait le Dr Nagel d'un ton neutre.

Les sucreries, c'était le diable qui en mangeait. Elles n'avaient rien à faire entre les mains des enfants.

– On ne parle pas quand on n'a rien à dire, déclarait le Dr Nagel d'une voix basse qui sortait régulièrement de sa gorge, sans jamais varier d'intensité.

– Sieste de midi et demi à deux heures et demie.

Le docteur ne l'ayant pas interdit, Martha faisait partager au petit garçon l'intérêt qu'elle portait aux rois et reines d'Europe : elle lui racontait un tas d'histoires à leur sujet. Mais avant de le mettre dans la confidence, elle regardait chaque fois de tous les côtés pour être sûre que personne n'écoutait. Pour elle, c'était un grand honneur que de s'occuper de quelque chose d'aussi rare – un enfant rouquin avec des taches de rousseur.

– Moi aussi j'ai des taches de rousseur, non ? disait-elle en riant et elle tapait tristement sur ses joues couvertes de boutons.

– Peter sera autorisé à aller voir le chat deux fois par jour, avait dit le Dr Nagel.

Deux fois par jour, Martha le laissait discrètement entrer au salon pour jeter un coup d'œil sur Archibald, le vieux matou grognon au pelage moucheté que l'on trouvait pratiquement toujours, de jour comme de nuit, sur le même coin du canapé. Archibald n'aimait pas la compagnie. Lorsqu'on l'approchait un peu trop, il soufflait et décampait.

Une fois par jour, Peter avait le droit de jouer au football dehors, sur la pelouse, avec Igor, le chauffeur. Igor n'avait pas l'allure sportive, il avait des épaules tombantes qu'aucun uniforme n'aurait pu maquiller et, avec sa bedaine, il marchait comme un canard. Mais c'était un bon tireur : il se vantait toujours de placer ses balles « comme un dieu ». Il aimait bien jouer avec le petit garçon. « L'activité physique, intense, une fois par jour, ça suffit, disait le Dr Nagel. »

Peter n'osait guère s'aventurer au-delà de l'extrémité de la pelouse, d'un côté, de l'extrémité du jardin, de l'autre. Déjà la maison voisine, où la défunte mère de Peter avait séjourné quelques mois avant son mariage avec Laszlo, avait été déclarée zone interdite par le Dr Nagel parce que les gens qui l'habitaient avaient qualifié un jour Peter de « pauvre petit enfant sans mère ». Le seul mot de « mère » suffisait déjà à mettre Peter mal à l'aise.

Un jour, il découvrit sur la cheminée du salon une photo de son père. C'était un simple portrait dans un cadre doré qui montrait un homme souriant, avec des cheveux noirs et des yeux noirs ; une partie de sa joue était cachée par une branche de fleurs roses dans un vase posé à côté de la photo. Immédiatement, le reste de la pièce et le reste du monde n'avaient plus présenté le moindre intérêt, ils n'avaient plus de couleurs ni de contours. Seul importait ce visage. Mais ce visage était enfermé dans un cadre doré dont il ne pouvait sortir pour venir vers lui.

Peter fut abasourdi par ce brusque désir de revoir son père. S'il avait pu donner un nom au sentiment qu'il éprouvait, il aurait parlé d'« amour ». S'il avait pu le décrire, c'est le mot de «perte» qu'il aurait employé. Il resta très longtemps devant cette photo, puis Martha l'y trouva et lui donna une banane pour le consoler.

Cette sollicitude l'étonna. Il était si triste qu'il ne lui venait même pas à l'idée que quelqu'un d'autre pût se rendre compte de ce qu'il ressentait. Tout en mangeant sa banane, il entendit Martha s'entretenir avec le Dr Nagel dans la bibliothèque, puis Igor apparut, l'emmena dehors et joua au football avec lui pour la deuxième fois ce jour-là.

La semaine suivante, il se mit à pleuvoir. Il pleuvait sur toute la Hongrie. Comme la pluie ne voulait pas cesser, on commença à entendre parler de «crue» dans les conversations entre adultes. Le fleuve risquait de déborder. Les domestiques du Dr Nagel évoquaient tout bas, peureusement, les risques de grave inondation. Un soir, pendant une averse assourdissante, les phares de la voiture noire de Laszlo Nagel brillèrent dans l'obscurité et nimbèrent la porte d'entrée d'une belle lumière. Peter entendit le Klaxon joyeux. Il grimpa sur un rebord de fenêtre et vit son père marcher sous la pluie. Laszlo avait ouvert un parapluie de dame tout neuf, rouge carmin.

Il ne se donna pas la peine de le refermer, le laissa tomber dégoulinant dans l'entrée et se mit à danser avec Peter qui, presque suffoqué de bonheur, s'accrochait au cou de son père aussi fort qu'il le pouvait, pour que ça ne s'arrête jamais. Mais il dut quand même s'en détacher, car Laszlo le déposa à nouveau par terre, pour embrasser son propre père. Peter observa le visage du Dr Nagel dans les bras de son fils : le vieux monsieur faisait la grimace.

– Je sors avec le petit, dit Laszlo Nagel. Même s'il est déjà tard, et même s'il pleut.

Se tournant vers Martha, il lui dit d'habiller Peter chaudement, puis, sous les protestations de son père, et à l'abri du parapluie rouge carmin, il conduisit Peter à la voiture.

– Il faut que je te montre une chose intéressante.

Ils étaient déjà dans la voiture, lorsque Laszlo pensa à Archibald. Il disparut encore une fois. Peter vit la porte d'entrée s'ouvrir et se refermer à deux reprises, puis son père fut de nouveau là, portant, sous sa veste, Archibald qui protestait très fort.

– Il y a des choses que même un

matou doit avoir vues, déclara Laszlo Nagel.

Il avait mis des couvertures dans la voiture ; Peter se sentait très bien. La pluie faisait un bruit monocorde, le mouvement du véhicule le berçait : il sombra vite dans le sommeil. Lorsque Laszlo réveilla son fils, ils étaient arrêtés. La lumière des phares éclairait une masse sombre qui ondulait devant eux : c'était le Danube.

– Regarde, comme il coule vite, dit Laszlo. Et il ne cesse de monter. D'une seconde à l'autre il peut déborder.

Archibald s'était roulé sous le pare-brise, les yeux brillants de rancœur.

– Tu n'as pas peur ? demanda Laszlo à son fils.

– Non.

– Il n'y a aucune raison. Tu es avec

moi, et je suis un homme qui a de la chance.

Peter était heureux. Il n'avait pas peur, auprès de son père, tandis que le vent lançait contre la voiture de violents assauts qui restaient impuissants. Dans l'obscurité, l'enfant observait son père qui, penché profondément en avant sur le volant, regardait avec patience le fleuve devant eux. De temps en temps, Laszlo baissait les yeux sur Peter et se mettait à parler.

– Beaucoup de choses sont comme ce fleuve. Les dames par exemple ont une curieuse façon de changer de taille, de forme et de caractère. Tu verras. Certains pays aussi. La Hongrie était jadis beaucoup plus grande, il n'y a pas si longtemps que ça. Aujourd'hui, ce n'est qu'un petit pays, pas plus grand qu'un étang. Regarde, Peter (Laszlo montrait un buisson), derrière ce buisson, si tu continues de marcher, tu arrives en Allemagne. Dis-le : Allemagne.

– Allemagne.

– Très bien. Avant, l'Allemagne était petite. C'était comme ce fleuve, là : au départ il n'y avait que quelques petits ruisseaux. Ils se sont réunis et ils ont formé un fleuve. Maintenant, l'Allemagne est grande, et peut-être qu'elle va bientôt s'agrandir encore. Tu comprends ce que je te dis, Peter ?

– Oui.

– Essaie plutôt de dormir. Je t'éveillerai si l'eau monte.

Pendant la nuit, Laszlo se déplaça. Le fleuve avait quitté son lit et inondé ses rives. Lorsque Peter s'éveilla le matin, ils étaient arrêtés sur une hauteur. En bas, la route avait disparu sous l'eau et les arbres paraissaient plus petits qu'à l'ordinaire dans cette épaisse soupe brunâtre. Son père, assis sur le capot, sous son parapluie rouge, contemplait le paysage. Archibald ronronnait. Sans doute lui semblait-il qu'il ne lui restait de toute façon plus rien d'autre à faire. Peter frappa contre la vitre.

– Quand nous arriverons à la maison, ton grand-père sera déjà prêt pour la journée, en train de prendre son petit déjeuner, dit Laszlo en remontant dans la voiture. Il portera son costume marron avec sa cravate marron. Mais la boue marron collée sur cette voiture ne lui plaira pas.

Le retour fut chaotique, ils roulaient sur une épaisse couche de boue qui éclaboussait la voiture de tous les côtés, ce qui amusait le conducteur, mais inquiétait plutôt ses deux passagers.

Le Dr Nagel prenait son petit déjeuner, vêtu de son costume marron, avec sa cravate marron. La bonne se penchait pour lui servir le café. La radio était posée au milieu de la table. Le Dr Nagel était resté debout toute la nuit, il avait écouté les informations sur des inondations et attendu le retour de son fils et de son petit-fils. Maintenant il était très en colère.

– Tu es un étranger pour moi, dit-il à Laszlo. Et par-dessus le marché – ce pauvre chat !

Martha arriva pour s'occuper de Peter, mais Laszlo dit à son fils de s'asseoir et de prendre son petit déjeuner, tandis que lui-même s'installait à côté de son père qui avait l'air de très mauvaise humeur.

– Je quitte la Hongrie, dit-il.

On venait de proposer à Laszlo Nagel un poste de diplomate en Allemagne, à Berlin.

C'était en 1938, par conséquent il n'y a pas si longtemps, mais tout était alors bien différent. Le Dr Nagel émit quelques objections. Les Allemands n'avaient en tête que des idées folles. C'était un pays dangereux. Mais son fils Laszlo répliqua :

– Tout ça est absurde. Je suis un homme qui a de la chance.

Évidemment, il emmenait son fils avec lui.

*
* *

Laszlo Nagel vint chercher son fils Peter chez son père le Dr Nagel à la fin de l'été 1938. Le petit garçon grimpa sur le siège arrière de la voiture et se retourna pour faire au revoir à son grand-père. Le Dr Nagel regarda son petit-fils et fit avec ses doigts comme un triolet en l'air. Mais il avait oublié de se redresser, sa veste était restée ouverte, de sorte que Peter vit la chemise empesée et les bretelles, et il vit même que cette grande et vieille tête avait l'air trop lourde pour ce cou maigre. Peter trouva tout à coup méchant d'abandonner ainsi le grand-père.

– Pourquoi ne viens-tu pas avec nous ? lança-t-il par la vitre de la voiture.

Le grand-père prit un air bougon, posa les doigts sur ses lèvres et dit :

– Tais-toi, petit.

Lorsque Laszlo mit la voiture en marche, Martha sortit en courant de la maison, écumante et si résolue que

Laszlo dut à nouveau arrêter le moteur et prendre un grand sac d'étoffe rouge qu'elle lui tendait.

À l'instant où la voiture démarrait, la bonne sortit avec Archibald qui se débattait furieusement dans ses bras. Arrivèrent ensuite le jardinier, puis la cuisinière qui s'essuyait les mains sur son tablier, et enfin Igor, brandissant un ballon de football en signe d'adieu. La première à essuyer ses larmes fut Martha, puis ce fut le tour de la cuisinière, tandis que le jardinier clignait juste des yeux, que la bonne serrait Archibald sur sa poitrine, que le chauffeur Igor faisait semblant de donner un coup de pied au ballon et que le Dr Nagel serrait les lèvres. Une paysanne qui passait par là avec un panier sur son vélo s'arrêta pour voir ce qui se passait. Ses jupes crissaient au vent.

Ils finirent néanmoins par partir, laissèrent sans un mot la maison derrière eux, traversèrent sans un mot la ville. On aurait cru que l'été venait d'exploser. L'air était chargé de fleurs qui entraient par les vitres ouvertes. Lorsqu'ils atteignirent la sortie de la ville, Laszlo s'arrêta et poussa un soupir de soulagement. Il ouvrit le sac que lui avait donné Martha et le passa à Peter. Le sac était plein de sucreries et de chocolat.

– Nous avons un assez long voyage devant nous avant d'arriver à notre nouvelle maison, dit Laszlo.

* * *

Leur nouvelle maison à Berlin n'était pas du tout une maison, mais un appartement dans un grand immeuble, au bord d'une large artère, en plein milieu de la ville. Laszlo avait fait venir tous leurs meubles de Budapest, on pouvait donc voir tout de suite que dans ces pièces sombres et hautes de plafond, ils étaient chez eux.

– Cette ville est à nous, murmura Laszlo, mais les autres ne le savent pas. Il ne faut pas que tu nous trahisses. Fais comme si ce n'était qu'un emprunt.

L'air était frais dans la ville, le ciel blafard, les rues pleines de voitures, et tout était bizarre – comment cette ville aurait-elle pu être la sienne ? Les gens avaient de drôles de têtes, et ils étaient habillés bizarrement. La cour sentait les arbustes d'ornement et non pas le chou comme les cours de Budapest que Peter avait tant aimées. Cette cour était grande, on n'entendait pas les conversations des autres, comme à Budapest. De toute façon, Peter ne comprenait pas ce que disaient les gens. Personne ne parlait hongrois. À l'école voisine – son père l'y conduisait le matin, et Peter savourait chacune de ces précieuses dernières minutes avec lui –, il regardait les enfants bavarder. Il était à la fois ébahi et terrorisé qu'avec les étranges sons qu'ils produisaient ils arrivent à dire quelque chose qui eût un sens. Des gamins l'attrapaient par les coudes et il se laissait conduire dans la salle de classe qui devait être la sienne, restait assis là en silence, regardait passer les heures et suivait à midi les couloirs qui conduisaient à la sortie, poussait le gigantesque portail de bois et regardait ses pieds sur le trottoir jusqu'à ce qu'il ait atteint le premier arbre. Alors il levait les yeux sur une silhouette de femme qui se trouvait infailliblement là, chaque fois.

Une main passait dans ses cheveux. Puis la silhouette l'accompagnait à la maison. C'était Thea, la gouvernante, et elle aussi ne savait produire que ces sons bizarres et dénués de sens. Thea avait deux tresses blondes, qu'elle portait solidement relevées autour de la tête, un visage large et pâle avec des yeux bleus profondément enfoncés dont Peter s'efforçait d'éviter le regard. Il la reconnaissait à son agréable odeur un peu salée, et à la manière dont elle lui prenait la main et glissait ses doigts entre les siens, de manière qu'il ne pût pas la lâcher.

Au bout de quelques semaines, un certain nombre de sons qui revenaient fréquemment lui parurent familiers, au bout de quelques semaines, ils prirent une signification. Et bientôt, sans avoir fourni d'effort particulier, il passa dans l'univers de ceux qui parlaient allemand.

Avec le temps, la maison lui devenait de plus en plus familière. Son père lui expliquait beaucoup de choses. Quand il entendait des pas descendant rapidement l'escalier, il s'adossait à son siège, tendait l'oreille et levait l'index en disant: «Ah, M. Schneider, le monsieur d'au-dessus, qui sort. Il faut traiter M. Schneider avec ménagement. C'est que M. Schneider est professeur.» Et il donnait la permission à Peter d'entrouvrir un tout petit peu la porte pour jeter un coup d'œil sur le crâne blond rasé très court qui descendait l'escalier. «Sois poli!» disait son père. Il prenait volontiers Peter avec lui dans son bureau pour bavarder. Et l'enfant savait que lorsque son père allumait un gros poste de radio avec d'innombrables boutons, il fallait être particulièrement attentif à ce qu'il dirait. Laszlo parlait à voix basse, malgré les braillements de la radio.

– Fais attention à toi. Ouvre les yeux. Mais fais en sorte que personne ne remarque que tu as une intelligence qui fonctionne. Ils n'aiment pas ça.

Peter se mit à observer les gens. Il prenait plaisir à observer en particulier Mme Bilka, qui habitait au rez-de-chaussée, d'où elle veillait à ce que régnât ce qu'elle appelait l'« ordre ». « *Hier herrscht Ordnung !* » piaillait-elle toujours. Ses dents irrégulières, jaunies, étaient serrées les unes contre les autres, mis à part un trou entre deux incisives qui faisait que, qu'elle parlât de l'«ordre» ou dît «bonjour», «bonsoir» ou «au revoir», on voyait toujours sa langue naviguer d'un côté à l'autre de sa bouche.

L'environnement immédiat lui devenait plus familier, lui aussi. Au début, la grande artère en bas de chez eux lui avait paru une large trouée bruyante et venteuse, pleine d'automobiles qui fonçaient dans un sens et dans l'autre et d'étrangers qui se pressaient pour se dépasser sur les trottoirs – toute cette activité semblait tout à fait désordonnée bien que menée comme si elle visait un objectif précis. Mais bientôt cette rue aussi, en bas, se composa d'une série de petits éléments dont chacun avait sa propre signification. L'immeuble où habitaient Laszlo et Peter abritait aussi un magasin de spécialités rhénanes. La vitrine était décorée comme une scène de théâtre, avec des rideaux des deux côtés d'un parterre de bouteilles de vin et de saucisses qui avaient l'air de faire la conversation. M. Bauer était un petit homme corpulent à l'accent rhénan, d'une gaieté que le père de Peter avait dite commune à tous les Rhénans. Ses doigts étaient boudinés et rouges comme certaines des saucisses qu'il vendait.

M. Bauer était un grand ami de Mme Bilka, car ils avaient un ennemi commun : les pigeons. Ces derniers construisaient leurs nids dans tous les coins, et les meilleurs coins que pût leur offrir l'édifice étaient sur la corniche qui faisait le tour de l'immeuble à hauteur du premier étage, très exactement au-dessus de la fenêtre préférée de Mme Bilka, celle à laquelle elle aimait à s'accouder pour regarder la rue, juste au-dessus du magasin de M. Bauer. Les pigeons venaient se poser là et faisaient pleuvoir leurs saletés et leurs plumes sur la vitrine de M. Bauer et sur la tête grise de Mme Bilka. C'est pourquoi ils lancèrent tous deux une vaste opération contre ces oiseaux et mirent en œuvre toute leur ingéniosité pour chasser les pigeons.

Ce fut Mme Bilka qui lança la première offensive. Son neveu passa tout un dimanche à disposer des tessons de verre sur la corniche. Cela n'empêcha pas les pigeons de se poser dessus.

– Maintenant c'est à vous, mon cher voisin, dit Mme Bilka. Je ne vais quand même pas appeler tout de suite la police.

M. Bauer gonfla donc un nombre

impressionnant de ballons qu'il fixa avec du ruban adhésif à la corniche. Mais Mme Bilka déclara alors :

– On dirait un chapiteau de cirque, monsieur Bauer, ça ne peut pas rester comme ça. Même si je dois bien reconnaître que ça marche.

M. Bauer enleva donc les ballons, et ce fut à nouveau le tour de Mme Bilka d'inventer quelque chose. Son neveu revint encore une fois et répandit du poison sur la corniche. Toutefois le poison réussissait apparemment admirablement à ces oiseaux, et ce fut encore le tour de M. Bauer.

Tous les matins, avant l'ouverture de son magasin, il dépliait désormais son échelle devant la vitrine, et on pouvait entendre craquer ses genoux tandis qu'il montait avec un balai et, titubant sur le dernier échelon, balayait la partie de la corniche qui surplombait son magasin. Puis il redescendait, repliait l'échelle, et la traînait jusqu'à la fenêtre de Mme Bilka. Arrivé là, il la dépliait encore une fois, grimpait à nouveau et, toujours titubant, balayait la corniche. Après ça, il s'écoulait quand même un jour avant que les pigeons reviennent. Le problème se trouvait donc ainsi résolu, à moins qu'il ne vînt une meilleure idée à l'esprit de Mme Bilka. Mais il ne lui en vint pas. Cet arrangement lui convenait même très bien.

– Seulement, n'allez pas vous aviser de disparaître, monsieur Bauer, disait-elle parfois. Ces pigeons me dévoreraient vive.

– Ne te moque pas des voisins, recommandait Laszlo à son fils tandis que la radio braillait en arrière-plan. Cache tes pensées comme si c'étaient les joyaux de la couronne.

Peter ne se moquait pas de Mme Bilka, au contraire : chaque fois qu'il passait devant elle il se tordait la bouche en un large sourire. Il imitait en cela fidèlement son père qui arborait un large sourire quand il ne voulait pas que les gens l'importunent. Il était facile de sourire, et personne ne pouvait y voir d'objection. Peter se sentait bien. Plus il se familiarisait avec cette ville, plus elle lui plaisait. Il savait identifier les uniformes que portaient les gens, non seulement les policiers, les facteurs et les différentes catégories de soldats, mais aussi les enfants. Il admirait les jolis drapeaux rouges suspendus partout, avec au milieu un signe cocasse qu'on appelait la croix gammée. Son père aussi portait souvent une croix gammée sur sa veste. La croix gammée plaisait tant à Peter qu'il en couvrit tous les livres d'images hongrois qu'il avait apportés de la maison, au point qu'à la fin il n'y voyait plus rien. Mais c'était compliqué de dessiner des croix gammées ; il y avait presque toujours une branche qui partait dans la mauvaise direction.

Quelques semaines s'écoulèrent encore ; maintenant Peter connaissait les moindres fissures des pavés du trottoir. Il savait comment sa rue était reliée à d'autres rues et les autres rues au zoo et à la gare. Et lorsque son père lui disait : « Maintenant cette ville est vraiment la nôtre, tu vois ? » il se sentait fier de leur secret.

Le temps qu'il avait passé sans son père l'avait rendu craintif, et il ne se sentait vraiment heureux que quand son père était dans les parages. Mais il admettait qu'il ne pût pas toujours en être ainsi. Le reste du temps, il s'arrangeait du mieux qu'il pouvait avec la remplaçante, Thea Schmidt. C'était une femme tout à fait chaleureuse, mais qui avait mauvais caractère. Un jour que Peter avait renversé un verre de lait, la main de Thea s'abattit de très haut sur sa joue. Ensuite, loin de lui présenter des excuses ou de chercher à le consoler, elle se contenta de grogner d'indignation en soufflant entre ses dents : « Ça te servira de leçon. » En l'espace de quelques jours, cette méthode éducative, qu'elle appelait « *Ohrfeigen* » – la gifle –, fit partie du quotidien. Peter s'habitua vite à la sensation de brûlure, au sifflement qui résonnait ensuite dans ses oreilles et à la marque rouge qui restait sur sa joue.

Thea Schmidt ne voulait pas être cruelle. Elle souffrait seulement d'un manque de ce qu'on appelle la patience, et ce manque n'était en fait qu'une drôle de forme d'impuissance. Toutefois ses sautes d'humeur étaient prévisibles. Dès que Peter faisait quelque chose de travers, ça lui tombait dessus. Mais Thea savait aussi le protéger. Lorsque quelque chose le tracassait, il le lui disait, et elle trouvait une solution. Lorsqu'un de ses camarades à l'école se mit à se moquer de lui à cause de ses cheveux roux, elle attendit le lendemain matin à la porte de l'école que ce petit garçon arrivât, se pencha vers lui et lui souffla : « Peter est nouveau ici. Occupe-toi de lui, sinon tu auras à faire à moi ! »

Ce garçon devint un ami de Peter, pour autant que ce dernier se liât d'amitié avec quiconque. À l'égard des enfants de son âge, il se montrait timide. Il était si préoccupé par son père qu'il n'avait guère d'énergie à consacrer à qui que ce fût d'autre. Thea était la seule personne qu'il ne pouvait pas ignorer. Il commença même bientôt à l'admirer.

Lorsque M. Schneider, le professeur qui habitait au-dessus, les dépassa, Thea et lui, en descendant l'escalier et qu'il dit à Thea qu'en tant que « bonne jeune fille allemande » elle ne devrait pas travailler pour des étrangers, elle se tut et ne prononça plus un mot de tout le chemin jusqu'à l'école. Peter lui demanda ce qui se passait, mais elle se contenta de serrer plus fort la main de l'enfant en secouant la tête. Ses yeux bleus étaient impénétrables. Et Peter remarqua alors que M. Schneider, grand et blond, de forte stature, avec la nuque plate, avait des yeux bleus tout à fait semblables. Le lendemain matin, en descendant, Thea emporta un arrosoir.

– La haie est en train de sécher, déclara-t-elle, et Peter dut l'attendre tandis qu'elle arrosait la haie.

Lorsqu'elle entendit M. Schneider descendre, elle eut un mouvement d'hésitation. Lorsqu'il passa devant elle sur la petite allée devant la maison – Mme Bilka regardait de sa fenêtre –, Thea se retourna, le heurta et trébucha de telle sorte que tout le contenu de l'arrosoir se déversa sur le costume de M. Schneider.

– Je vous demande vraiment pardon ! s'exclama-t-elle.

Le professeur était trempé des pieds à

la tête. Elle posa tranquillement l'arrosoir, tendit la main vers Peter en lui faisant un clin d'œil et dit :

– On est en retard, il faut se dépêcher.

On pouvait faire confiance à Thea, elle n'oubliait jamais rien, elle ne partait jamais, et même si sa main était parfois trop dure sur sa joue, tout le reste en elle était grâce, tendresse et ponctualité. Et dès que Laszlo Nagel rentrait à la maison, c'en était fini de son impatience et de sa mauvaise humeur. Le soir, elle se retirait très tôt ; elle ne se mêlait jamais de la façon dont il vivait sa vie.

Laszlo Nagel exécrait toute forme de régularité. On mangeait, quand on en avait envie. Souvent, avec Peter, ils s'achetaient de la charcuterie en bas, chez M. Bauer, puis ils montaient dans un tramway, et ils mangeaient en circulant. La dernière bouchée avalée, ils sonnaient la cloche pour indiquer qu'ils descendraient à la station suivante.

– C'est le saucisson qui nous dicte notre itinéraire, disait Laszlo qui ne sortait jamais de la maison sans un plan de la ville, un couteau pliant, un tire-bouchon et quelques bouts de réglisse (il adorait la réglisse).

– Le monde se divise entre les gens qui aiment le chocolat et ceux qui aiment la réglisse, disait-il. Tu ne t'en étais pas aperçu ?

Il aimait bien aller avec Peter au cinéma ou au cirque.

– Un homme fort a besoin, disait-il, d'au moins une soirée de cinéma par semaine et d'un après-midi de cirque par mois.

Quelquefois il disait aussi :

– Viens, on s'habille bien et on va manger dans un endroit tout à fait élégant.

Ensuite, il passait beaucoup de temps devant la glace, il faut dire qu'il accordait beaucoup d'importance à son apparence extérieure, il peignait soigneusement son épaisse chevelure noire, lissait la cravate qu'il avait mise pour fêter l'occasion. Il avait aussi acheté un costume à Peter, et un manteau de loden bleu marine avec des boutons de corne, exactement comme en avait le sien. Mis à part la différence de couleur de cheveux, Peter trouvait que maintenant ils étaient presque pareils.

Souvent il se révélait ensuite qu'ils étaient invités. Dans ces cas-là, Laszlo présentait son fils selon toutes les règles du savoir-vivre : « Je me suis permis d'emmener Peter Nagel. » Ou encore : « Me permettez-vous de vous présenter Peter Nagel ? » Et Peter était toujours assis à la droite de son père. Il imitait son père en tout, parlait du temps et des événements sportifs. En outre, il notait les détails amusants pour les rapporter ensuite à son père. Par exemple, que la cravate de M. Hermann avait trempé une minute dans sa soupe, puis que M. Hermann l'en avait discrètement sortie et qu'alors la soupe avait goutté sur son pantalon. Au fur et à mesure que le temps passait, ces soirées devenaient ennuyeuses, on écoutait un quatuor à cordes, ou la conversation n'en finissait plus et endormait Peter. Mais il semblait que le temps travaillât pour lui. Il se raccourcissait spécialement à son intention. Une minute auparavant il se trouvait encore dans une pièce pleine de gens, et voilà que son père le transportait déjà dans la nuit et le déposait sur le siège de la voiture.

Un soir, Laszlo décida d'emmener Peter dans une boîte de nuit.

Le club était plein de femmes vêtues de belles robes et d'hommes en uniforme, qui dansaient ou étaient assis en groupe autour de brillantes tables noires. Sur chaque table était installé un téléphone, moyennant quoi les gens qui ne se connaissaient pas pouvaient s'appeler pour bavarder ensemble.

Peter et son père s'assirent à une table. Puis Laszlo dit à Peter de passer la commande.

– Je parle allemand avec un accent étranger, toi pas, expliqua-t-il, et ici ils n'aiment pas ce genre d'accent.

Lorsque le garçon arriva, Laszlo fit comme s'il était sourd-muet. Peter commanda deux jus de fruits, au lieu de penser à demander un verre de vin, et son père lui pinça furieusement le mollet sous la table.

Le téléphone ne tarda pas à sonner. C'étaient les deux dames de la table voisine.

– Vous n'êtes pas en uniforme, claironnèrent-elles dans l'appareil, qu'est-ce que vous faites ici ?

– Nous attendons de danser avec vous, répliqua Laszlo que son accent ne gênait brusquement plus.

Les deux femmes se levèrent, et l'on vit onduler leurs larges robes sombres. On aurait dit des vautours fondant doucement sur eux. Mère et fille. Elles sentaient toutes deux comme si elles étaient directement sorties d'une roseraie.

– Alors dansons, dirent-elles.

Déjà la plus jeune s'était emparée de Laszlo, tandis que la mère tendait vers Peter une main aux ongles vernis de rouge. Son père était déjà sur la piste, Peter n'avait donc pas le choix. Il mit sa main dans la serre du rapace et se laissa emmener. La mère dansa d'abord doucement avec lui, elle lui montrait les pas, mais bientôt elle le souleva dans ses bras, le serra contre sa poitrine et se mit à danser avec lui en le portant sur le bras.

– Petit homme, demanda-t-elle, où est donc ta maman ?

– Je n'en ai pas, répondit Peter en agitant les jambes pour tenter de se libérer et retrouver la terre ferme.

Elle le tenait maintenant par le bout des doigts et traînait les pieds.

– C'est pour ça que vous êtes à Berlin ? Vous cherchez une maman ?

– Mais non ! s'exclama Peter, en la suivant. Non ! On habite ici maintenant.

– Vous avez beaucoup d'argent ? demanda-t-elle.

– Oui, répondit-il.

– Très bien, répliqua-t-elle encore, j'aimerais bien voir ça. Mais maintenant je suis fatiguée. Je suis Mme Weltecke. Et toi, comment t'appelles-tu ?

Ils s'assirent tous à la même table, et cette fois c'est la cavalière de Laszlo, Mlle Weltecke, qui commanda une bouteille de vin. Elle était encore plus curieuse que sa mère.

– Qu'est-ce que vous faites dans la vie ? demanda-t-elle à Laszlo.

– Je suis spécialiste, répondit-il. Ingénieur. Je construis des tunnels de métro et des canaux pour l'Allemagne. Je suis sûr que les détails ne vous intéresseraient pas, tout ça est très ennuyeux. Je travaille beaucoup. Mon fils aussi. Il va à l'école. Nous n'avons guère le temps de nous distraire. C'est pourquoi c'est un grand plaisir pour nous que de faire la connaissance de deux si jolies femmes.

Peter réprima les protestations qui se formaient sur ses lèvres contre les flatteries de son père. Il ne savait pas pourquoi, mais tout à coup il avait peur. Lorsque Mme Weltecke se pencha vers lui par-dessus la table pour lui demander :

– Vous avez une automobile ?

Il répondit :

– Ah, non.

– Vous n'avez pas d'automobile…, murmura-t-elle stupéfaite. Pas d'automobile et pas de maman. Et sans doute pas non plus de compte en banque.

Laszlo entendit ces derniers mots et intervint alors.

– Mais bien sûr que si, nous avons un compte en banque. Bien que de nos jours les Hongrois que nous sommes n'aient plus le droit d'en avoir. Du reste, il faudra bientôt que nous nous mettions en quête d'un Allemand à qui nous puissions faire cadeau de notre argent. Je pense que pour les étrangers, aujourd'hui, la meilleure solution est de donner leur argent. Le nouveau propriétaire leur en restitue alors un peu à l'occasion, s'ils en ont vraiment un besoin urgent. Vous ne croyez pas? D'ailleurs nous avons aussi une automobile.

Ces dames voudraient-elles que je les raccompagne ? Il faut maintenant que nous partions.

La mère et la fille se regardèrent et acceptèrent d'un signe de tête. Ils sortirent ensemble.

– Et quelle automobile ! s'exclamèrent-elles toutes deux, alors qu'il s'agissait d'un véhicule tout à fait ordinaire.

Mme Weltecke s'assit devant à côté de Laszlo, Mlle Weltecke derrière, à côté de Peter. Déjà dans les petites rues, Laszlo roulait très vite, puis il atteignit une grande artère presque déserte qui traversait un parc. Là il accéléra encore. Mme Weltecke s'appuya en arrière, ferma les yeux et poussa un gémissement tandis que, sur le siège arrière, Mlle Weltecke attrapait la main de Peter et se la mettait devant les yeux.

Ils furent tous projetés en avant lorsque Laszlo freina brutalement et, dans un crissement de pneus, arrêta la voiture devant la maison dont les deux femmes lui avaient donné l'adresse. Elles poussèrent toutes deux le même soupir de soulagement, s'extirpèrent péniblement du véhicule et claquèrent les portières derrière elles d'un air offensé.

Laszlo appuya de nouveau sur l'accélérateur. La voiture s'écarta du trottoir à une telle allure que Peter fut rejeté en arrière. L'enfant se recroquevilla sur lui-même.

– Ne va pas me dire que tu as peur de la mort ! fit son père, étonné.

Puis il ralentit.

– Je regrette de t'avoir fait peur, dit-il sincèrement. Je voulais impressionner un peu ces dames. Pour que la soirée ait quand même valu la peine. J'ai trouvé assez intéressant que deux personnes tout à fait normales comme nous puissent se distraire dans une boîte réservée aux nazis de haut rang.

Peter savait ce qu'étaient les nazis. En Allemagne, ils étaient les chefs; ils décidaient de tout. Les gens en parlaient souvent, et quand ils employaient le mot «nazi», c'était toujours avec emphase et fierté. Peter avait déjà vu de nombreux portraits du grand chef des nazis. On l'appelait le «Führer», un petit homme trapu aux cheveux noirs, qui lui rappelait agréablement Igor, le chauffeur de son grand-père, sauf qu'Igor était un homme calme et gentil, alors que le Führer se mettait facilement en colère. Pourtant les gens l'aimaient tant qu'ils se réunissaient par centaines de milliers uniquement pour l'entendre parler. Et quand il se mettait à tempêter vraiment très fort, ils exultaient.

Comme le Führer était de toute évidence un homme sympathique, même s'il était un peu bizarre, Peter fut assez étonné d'entendre son père lui dire un beau jour :

– Les nazis ne vont pas se soucier du menu fretin que nous sommes.

Mais son étonnement fit place à une approbation sans réserve, lorsque son père ajouta :

– En plus, on s'amuse merveilleusement tous les deux ici, non ?

Le soir, Laszlo sortait rarement sans Peter, mais lorsqu'il le faisait, appliquant une règle de fer, Peter avait le droit d'éveiller son père le lendemain matin, quelle que fût l'heure à laquelle il était rentré à la maison ; et Laszlo lui racontait alors sa soirée, la fête à laquelle il avait assisté, les gens qu'il y avait rencontrés et ce qu'il avait eu à manger.

– Hier soir j'ai mangé du pigeon. M. Bauer et Mme Bilka me féliciteraient. Du pigeon rôti. Et un directeur de banque m'a donné quelques petits conseils pour savoir que faire de mes millions.

Parfois son père ramenait à la maison telle ou telle connaissance de la veille, afin que Peter les connût à son tour. Peter trouvait ces gens le lendemain matin dans le lit de son père, tantôt des hommes, tantôt des femmes, mais ils étaient tous gentils et ne restaient pas longtemps. Ils n'avaient pas d'exigences à formuler à l'égard de Laszlo Nagel. Du reste Thea ne l'aurait pas toléré. Elle traitait mal les visiteurs, avec l'impolitesse la plus recherchée, pour être sûre qu'ils ne réapparaissent jamais.

*
* *

L'automne arriva. Il faisait plus froid à Berlin qu'il n'avait fait à Budapest. Peter apprenait à lire et à écrire, et son père suivait les progrès qu'il faisait. Il lui apprit aussi à lire le hongrois.

– Je ne veux pas que tu oublies le hongrois, dit-il.

Dans les premières semaines de novembre, tous les lacs gelèrent. Thea se plaignait :

– Avec son bleu éclatant, le ciel attire les gens dehors, mais c'est par pure cruauté.

Elle préparait de la soupe chaude tous les jours, et tenait à ce que Peter et Laszlo en mangent au dîner. De toute façon, depuis quelque temps, le père de Peter restait volontiers à la maison le soir pour écouter la radio.

Un mercredi après-midi à la sortie de l'école, Thea alla au cinéma avec Peter. Il comprit qu'il y avait une explication particulière à ce divertissement offert en pleine semaine, mais au départ Thea ne voulait pas la lui donner. Elle était très contente, et finit par avouer :

– Aujourd'hui, c'est mon anniversaire, le 9 novembre. Un jour très spécial.

Il n'avait jamais pensé à elle comme à quelqu'un qui eût un anniversaire.

Ils étaient allés voir une comédie, la salle était pleine à craquer de spectateurs joyeux. Ils trouvaient tous les mêmes moments amusants, et riaient tous comme un seul homme, d'un rire qui ressemblait à un roulement de tonnerre. À la fin du film, Peter s'étonna qu'il fît déjà nuit. Avant de remonter dans leur appartement, Thea passa rapidement chez M. Bauer acheter des chocolats à la liqueur :

– Je me les offre moi-même.

M. Bauer soupira plusieurs fois en pressant ses doigts rouges sur son front.

– Je suis un peu agacé aujourd'hui, à cause de la situation, dit-il.

Peter ne savait pas ce que c'était qu'une « situation », mais il se doutait bien que ce ne devait pas être quelque chose de très réjouissant, et il essaya donc de rasséréner M. Bauer.

– Aujourd'hui, c'est l'anniversaire de Thea.

Son truc fonctionna. M. Bauer prit un air rayonnant et mit une bouteille de champagne entre les mains de Thea.

– J'ai toujours eu envie de vous offrir quelque chose, dit-il.

Thea était en train de préparer le dîner, quand Peter entendit dans la rue des bruits de fête. Les gens y participaient en foule apparemment. Il courut à la cuisine annoncer à Thea la flatteuse nouvelle que toute la ville célébrait son anniversaire. Elle était devant le fourneau, il la tira par la jupe.

– Écoute ça ! dit-il. Pour toi seule !

Thea se retourna et dit : « Ne dis pas de bêtises ! » sur un ton de colère tel que Peter tressaillit et s'attendait à une gifle.

Son père rentra tard, très tard à la maison, apportant un splendide bouquet de fleurs et une boîte de chocolats pour

Thea. Il les lui donna avec un grand sourire qui, tout en faisant apparaître toutes ses dents brillant de leur plus bel éclat blanc, signifiait que sa pensée était ailleurs.

– Je te souhaite un heureux anniversaire, ma chère Thea. Mais maintenant, je te prie de m'excuser.

Il se précipita dans sa chambre et alluma la radio. Il écoutait avec beaucoup d'attention. Il ne voyait sans doute pas d'inconvénient à ce que Peter écoutât, lui aussi, derrière la porte, ou bien, il ne s'en apercevait même pas. Un haut fonctionnaire allemand avait été assassiné par un Juif à Paris. Tous les Juifs du monde en étaient rendus responsables. Ils seraient punis.

– Papa, j'ai déjà vu un Juif? demanda Peter en se glissant dans la chambre.

Il ne croyait pas en avoir jamais vu, et il l'avait souvent regretté. À l'école, les enfants se moquaient beaucoup des Juifs. Une fois, l'institutrice leur en avait dessiné au tableau : des têtes rondes avec des nez en forme de tire-bouchon. Elle avait fait apprendre à ses élèves un petit poème disant en substance qu'il ne fallait jamais faire confiance à un Juif. Peter aurait bien aimé voir un de ces gros bonshommes avec leurs nez crochus qui voulaient dominer le monde – il leur aurait tiré la langue.

Son père éteignit la radio et prit un air amusé et affectueux.

– Si tu as vu un Juif? Ça, je ne sais pas, peut-être, qui sait? Et il ajouta : Allons dîner. Il faut fêter cet anniversaire.

Beaucoup plus tard, alors que la plupart des gens dormaient déjà, il y eut un grand vacarme dans la nuit et Peter s'éveilla. Il se glissa hors du lit. On entendait le tic-tac des pendules. Il alla jusqu'à la porte du balcon et l'ouvrit. L'air glacial l'enveloppa. Il entendit des pas précipités et des cris. D'un côté, le ciel était tout embrasé. Il se demanda si les gens célébraient toujours l'anniversaire de Thea, la pensée que ce pût être un événement d'une telle importance l'enchantait. Puis il entendit s'ouvrir la porte de la chambre de Thea. Elle le rejoignit sur le balcon, ses cheveux blonds dénoués sur les épaules, apportant avec elle sa chaleur et un parfum délicieux. Elle regarda le ciel. Mais ce qu'elle vit n'eut pas l'air de lui plaire. Elle prit la main de Peter, passa ses doigts entre les siens.

– Tout ça est complètement ridicule, murmura-t-elle. Rentre, viens te coucher.

Il était sur le point de se rendormir quand quelque chose se brisa en bas de l'immeuble. Peter s'enveloppa les épaules de sa couverture et se transporta jusqu'au salon. Là, il s'installa confortablement dans un des fauteuils. Des pas montaient et descendaient l'escalier. Apparemment, M. Schneider avait des invités. Peter entendit un coup, des cris étouffés, et quelque chose comme un râle. Mais la nuit ne voulait pas que Peter fît le guet, la nuit imposa à son veilleur le sommeil qui s'empara de lui, tel qu'il était, recroquevillé là, dans son fauteuil.

Le lendemain matin, il fut éveillé par les câlineries de son père; il était toujours assis dans son fauteuil. Laszlo ne s'étonna pas que Peter eût dormi au salon.

– La nuit dernière a été mouvementée, observa-t-il. Pas d'école aujourd'hui.

Lui-même ne voyait apparemment pas non plus de raison de se rendre à son travail. La fête ne semblait pas terminée. La foule se pressait encore dans les rues. Thea fit cuire des œufs et se plaignit qu'ils aient goût de fumée, parce que l'air était plein de fumée.

– Ne sortez surtout pas sur le balcon, ordonna-t-elle, traitant Laszlo, dont elle était pourtant l'employée, comme s'il était lui aussi un enfant.

Mais Laszlo emmena quand même Peter sur le balcon, et lorsqu'ils se penchèrent tous deux par-dessus la balustrade, ils virent que l'allée devant la maison était couverte de débris de verre.

– Vous ne mettez pas un pied dehors, ni l'un ni l'autre, dit Thea avec une volonté non dissimulée d'imposer son autorité.

Mais le père de Peter enfilait déjà son manteau. Peter mit le sien, et ils descendirent. La vitrine de M. Bauer avait été brisée, les éclats de verre étaient tombés devant la boutique avec par-dessus un monceau de bouteilles de vin cassées. Les pigeons profitaient de cette dévastation. Ils pataugeaient entre les débris de verre, balançaient la tête bizarrement, gonflaient les plumes, titubaient et semblaient danser. Ils avaient absorbé le contenu des bouteilles. Les pigeons étaient saouls.

Mme Bilka essayait de les chasser en agitant ses grandes mains, mais les pigeons ne se laissaient pas impressionner.

– Quelle pagaille ! cria-t-elle à deux hommes en uniforme brun qui arrivaient avec des balais.

Ils avaient manifestement reçu ordre de nettoyer la rue, et tandis qu'ils balayaient les morceaux de verre, Mme Bilka s'approcha d'eux et dit :

– Où est M. Bauer, si je puis me permettre ?

Les deux hommes en uniforme haussèrent les épaules en hochant la tête, sur quoi Mme Bilka demanda d'une voix plus forte et tremblante de colère :

– Je vous ai demandé où est M. Bauer ?

– Du calme, ma bonne dame, marmonnèrent les deux hommes en continuant de balayer.

– Alors arrangez-vous au moins pour que les pigeons disparaissent d'ici, reprit-elle hors d'elle. Puisque M. Bauer n'est pas là pour s'en occuper.

Elle aperçut Laszlo, vint vers lui et pesta :

– Je sais très bien où est M. Bauer. Ils l'ont jeté dans le canal. Et il ne sait pas nager.

*
* *

Peter et son père sillonnèrent toute la ville en tramway.

– M. Bauer a dû être tout mouillé, dit Peter.

Son père ne répondit pas. Il y avait partout des vitrines brisées. Des policiers étaient postés devant les boutiques pour empêcher les clients d'entrer. Non loin de la plus grande artère de la capitale, un immeuble était en flammes. Les pompiers restaient plantés devant et regardaient l'incendie – tenant à la main des tuyaux tout mous, comme s'ils n'avaient plus d'eau. Mais les pompiers n'avaient pas l'air de s'en inquiéter. Une foule étonnée s'était rassemblée autour d'eux.

– C'est beau, non? criait une petite fille.

De la maison voisine sortirent plusieurs hommes en uniforme noir, ils emmenaient un homme. Brusquement celui-ci trébucha. Les hommes en uniforme l'encerclèrent. Peter vit leurs jambes bouger vers l'intérieur du cercle, comme s'ils donnaient des coups de pied dans quelque chose. La mère souleva sa petite fille pour qu'elle puisse mieux voir. Mais l'homme s'était déjà relevé, et le petit groupe disparut.

Toute une classe arriva accompagnée du maître, qui commentait à ses élèves ces destructions comme s'il leur faisait visiter une exposition. Peter entendit le maître dire qu'on venait de donner une leçon aux Juifs.

Pendant un moment, il éprouva lui aussi une certaine satisfaction à l'idée que ces mauvaises gens eussent enfin reçu ce qu'ils méritaient.

– C'est bien fait, hein, papa? demanda-t-il.

Mais son père ne répondait toujours pas. Au bout d'un moment il attrapa Peter par le col de son manteau, et ils continuèrent de suivre l'avenue jusqu'à un café.

– Commande pour nous deux, Peter, murmura le père. Mais il me faut un grog bien chaud.

Peter commanda de la tarte aux pommes et deux chocolats chauds. Son père se mit à parler à voix basse, en hongrois.

– Le mot hongrois pour «Juif» est *Szido*, un mot affreux. J'ai la chair de poule chaque fois que je l'entends, comme le mot allemand *Jude*. Pourquoi? Parce que d'aussi loin que je puisse me souvenir, il a été employé comme une injure.

Laszlo vida sa tasse d'un trait.

– Mais qu'est-ce que «le Juif»? poursuivit-il. Le petit monstre que ta maîtresse a dessiné au tableau? Ou M. Bauer? Peut-être que c'est M. Bauer. Commande-moi un grog, Peter. Le chocolat c'est pour les enfants. S'il te plaît, Peter, appelle le garçon.

Peter ne broncha pas.

Son père continua:

– Mais peut-être que «le Juif» n'existe tout simplement pas. Il y a des Juifs. En hongrois: *Szidoember*. Un mot qui sonne bien. Qui pourrait par exemple désigner M. Bauer. Car il vit selon les règles de la religion juive. En réalité, lui pas vraiment, c'étaient plutôt ses grands-parents. Tu me suis ? Je ne sais pas très bien expliquer. Bon Dieu, Peter, maintenant commande-moi un grog.

Il tapa du poing sur la table de telle sorte que tout le monde se retourna sur eux.

L'enfant appela le garçon et commanda encore deux chocolats chauds. Son père soupira.

– Tu n'avais jamais remarqué cette drôle d'étoile sur la vitrine de M. Bauer ? L'étoile juive. Ce sont les nazis qui avaient peint ce signe, pour indiquer aux gens qui allaient acheter chez M. Bauer qu'il était juif. Sans quoi, on ne l'aurait pas su. Car avant tout et surtout, M. Bauer est évidemment rhénan.

– Je veux rentrer, dit Peter.

Lorsqu'ils pénétrèrent dans l'appartement, ne serait-ce qu'à la façon dont Thea s'agitait et bousculait les marmites et les poêles dans la cuisine, on sentait qu'elle était hors d'elle.

– Maintenant, on reste là ! lança le père de Peter comme si rien ne s'était passé. Je n'ai pas tout à fait fini, dit-il à Peter en le poussant dans son bureau.

Il ferma la porte et dit à son fils de prendre une chaise et de s'asseoir à côté de lui à sa table de travail. Ils restèrent là en silence, épaule contre épaule, puis Laszlo finit par reprendre la parole.

– Notre famille aussi est un peu juive. Mais comme nous venons de Hongrie, les Allemands ne s'intéressent pas à nous, précisa-t-il pour rassurer l'enfant.

Puis il dit quelque chose qui ébranla Peter :

– Ta mère était juive, originaire d'ici.

Laszlo n'avait encore jamais employé le mot « mère » et Peter fut tellement surpris de l'entendre brusquement de sa bouche qu'il en eut le vertige. Laszlo Nagel ajouta encore :

– Il faut que je voie s'il n'est rien arrivé à ses parents. À l'époque, ils ne voulaient pas entendre parler de moi. Ils m'en voulaient beaucoup. Ils sont très vieux. Il vaut mieux que tu restes à la maison, sans quoi Thea va me tordre le cou.

*
* *

Deux jours plus tard Laszlo Nagel disait à son fils :

– Je suis un homme qui a de la chance. Toi, de ce point de vue-là, tu n'as pas encore fait tes preuves.

Il le disait sur un ton de regret, tandis que ses yeux se remplissaient de larmes qui devenaient de plus en plus grosses, de plus en plus lourdes, et coulaient sur ses joues comme cela arrivait souvent quand il attrapait le fou rire. Peter pensa que ce que son père venait de dire était peut-être une plaisanterie, un peu difficile à comprendre.

Mais, dans l'entrée, il y avait une grande valise et, à côté de la valise, Thea qui avait mis son manteau. Elle tendait son manteau de loden à Peter.

– Allons-y, dit-elle.

Peter aurait voulu arrêter l'enchaînement des événements. Il avait six ans déjà, mais lorsqu'on sonna à la porte et qu'apparut un chauffeur de taxi, il piqua une colère comme un tout petit enfant. Pour accélérer le mouvement, le chauffeur avait laissé la voiture devant la porte avec le moteur allumé qui hoquetait et toussotait. Peter se mit à se débattre dans l'entrée sous les yeux de son père. Lorsqu'en gigotant il heurta le miroir, il y eut des débris et des éclats de verre partout. Son père ne bougea pas. Tandis que Thea ramassait les débris à la hâte, il regarda Peter en disant :

– Cette maison est dans le même état que la rue hier.

Ces paroles et le calme avec lequel son père les avait prononcées réanimèrent la colère de Peter. Il se remit à courir dans l'entrée ; un vase vola en éclats.

– Ça porte bonheur, s'exclama joyeusement son père. Un vase cassé vaut sept ans de bonheur.

Le père prit son fils dans ses bras, l'embrassa tendrement sur les deux joues puis lui fit une proposition :

– Tu as appris à lire et à écrire. Je savais bien que ça servirait un jour ou l'autre. Je t'écrirai une fois par semaine, et tu me répondras. Une fois par semaine. Comme ça, on reste ensemble.

*
* *

C'est ainsi que Peter Nagel quitta son père et retourna en Hongrie, d'où il était parti à peine quelques mois auparavant. Il retourna dans la petite ville, à quelques kilomètres de la frontière nord, il retourna dans la maison de son grand-père, sous sa rigoureuse autorité. Cette maison était toujours un petit fief de visiteurs et de serviteurs unis dans le respect du maître et gouvernés par la pendule. Le cérémonial domestique assurait la continuité de l'existence et rien ne pouvait troubler l'ordre des choses : petit déjeuner à sept heures, déjeuner solennel à une heure, thé à cinq heures dans la bibliothèque, dîner léger à huit heures. À dix heures, extinction de toutes les lumières, mis à part celle du Dr Nagel.

Toutefois, en l'absence de Peter, il s'était produit aussi quelques changements dans cette demeure. Martha, la bonne qui s'occupait de lui, s'était éprise d'un ardent amour pour le chauffeur Igor. Sans le moindre scrupule, ainsi que s'en plaignait régulièrement le Dr Nagel, ils s'étaient mariés, ils avaient abandonné leur travail du jour au lendemain, et ils étaient partis s'installer en ville. Le Dr Nagel jugeait du reste inutile d'engager un nouveau chauffeur ou une nouvelle bonne. Il aimait aussi bien conduire sa voiture lui-même, et du personnel pour s'occuper de l'enfant, il y en avait suffisamment dans la maison. La cuisinière, et les deux autres bonnes, le valet de chambre et le jardinier n'étaient pas tombés amoureux ; ils étaient déjà mariés. Mais un autre membre de la famille avait disparu, peut-être aussi pour des raisons sentimentales – le chat Archibald était parti un beau soir. Il avait été vu par la suite à l'autre bout du village, faisant la cour à une nouvelle venue, une chatte noire que le boulanger avait rapportée d'une ferme : une prétendue experte en matière de chasse aux souris, qui n'avait toutefois jusqu'à présent capturé qu'Archibald.

Si le Dr Nagel n'avait plus besoin de chauffeur, c'était aussi qu'il ne faisait plus de visites à domicile, car depuis l'automne il s'était mis à la retraite. Il continuait néanmoins à traiter des patients qu'il recevait tous les matins dans son cabinet du rez-de-chaussée. C'était un médecin du genre strict qui ne prescrivait que rarement des médicaments. Son principal remède était l'affirmation péremptoire qu'il n'y avait rien de grave, rien que le temps ne saurait guérir.

En dépit de ces heures de liberté dont il disposait désormais, son emploi du temps quotidien suffisait à occuper le docteur en permanence. Et Peter s'inscrivait à nouveau dans cet emploi du temps ; c'était un problème d'organisation supplémentaire. Car Peter allait avoir sept ans, il fallait qu'il suivît un enseignement. Son grand-père engagea donc une préceptrice. Elle était chargée de lui enseigner le hongrois, mais aussi l'allemand, car Peter pourrait sans doute bientôt retourner à Berlin auprès de son père.

Il faut que nous présentions Mlle Stecker. Elle venait du lundi au vendredi, aussi régulière que les jours de la semaine elle-même ; c'était une vieille femme ratatinée, avec cinq boucles brunes qui se balançaient sur son front, et cinq « accessoires », c'est-à-dire qu'elle portait toujours le même tailleur marron, avec pour chaque jour de la semaine un foulard différent – le lundi c'était un blanc, le mardi un jaune, le mercredi un rouge, le jeudi un bleu et le vendredi, en commémoration de la mort du Christ sur la croix, un noir. Elle appliquait avec Peter des méthodes cruelles, lui tapant sur les doigts quand il ne faisait pas attention, et elle lui imposait deux heures de sieste tous les jours. Pendant ce temps, elle prenait place dans un siège devant la porte de la chambre d'enfant et se plongeait dans toute une série d'énormes ouvrages qu'elle appelait «l'Antiquité», en veillant à ce qu'il ne bronchât pas.

Dans la chambre de Peter, sobre mais agréable, à l'étage supérieur, il y avait un lit, une commode et une table. La fenêtre était si haute qu'on ne voyait qu'un bout de ciel à travers. Il pouvait se coucher sur son lit et contempler la fenêtre comme un écran vide. Il s'aperçut vite qu'il avait gardé en mémoire tous les films qu'il avait vus à Berlin, et que dans son imagination il pouvait les projeter sur cet écran. Il manquait parfois quelques séquences mais, à condition de se concentrer, il arrivait à les compléter. Il se projetait constamment ces films. À l'insu de Mlle Stecker, il passait tous ses après-midi au cinéma.

Lorsqu'elle le laissait sortir, c'était l'heure du thé. Peter raccompagnait chaque fois Mlle Stecker jusqu'à la porte de la maison, attendait que la porte s'ouvrît et se refermât derrière elle, attendait encore un peu, pour s'assurer qu'elle était partie, regardait par la fenêtre son mince dos s'enfoncer dans l'obscurité tandis que l'horloge le remettait entre les mains de son grand-père.

Les séances avec le grand-père avaient commencé le matin en silence au petit déjeuner, et c'est en silence qu'ils prenaient aussi tous deux leur thé dans la bibliothèque. Le grand-père de Peter parlait peu. Il n'était ni aimable ni désagréable. Assis à la table du petit déjeuner, il mangeait, de même qu'assis sur la chaise de bois à haut dossier de la bibliothèque, il buvait son thé. Il économisait autant que possible ses mouvements et ses émotions. De temps en temps il se grattait la gorge. Et de temps en temps il posait une question à Peter :

– Comment te portes-tu ?

– Bien, merci, répondait Peter.

– Tu veux encore un gobelet de thé ?

– Oui, je vous prie.

– Heuhum ! faisait-il alors à l'adresse du valet de chambre. Un peu plus de thé pour Peter s'il vous plaît. Mais s'il te plaît, Peter, un seul morceau de sucre par gobelet, ne l'oublie pas.

Après le thé, Peter allait au salon, voir son père dans le cadre doré, puis il montait dans sa chambre jusqu'à la cloche du dîner. Celui-ci se déroulait en silence. Après le repas, Peter remontait dans sa chambre jusqu'au moment où son grand-père apparaissait dans l'encadrement de la porte accompagné d'une des bonnes en disant: «C'est l'heure d'aller au lit.» La bonne aidait Peter à se déshabiller et lui donnait un petit baiser sur la joue, quand il avait posé la tête sur l'oreiller, après quoi il s'endormait rapidement. Toute la semaine s'écoulait ainsi.

Régulièrement, tous les samedis, il arrivait une lettre du père de Peter. Le samedi matin, Peter se perchait sur le haut mur qui entourait la maison. De là-haut, il apercevait le facteur dès qu'il tournait au coin de la rue. Et dès qu'il l'apercevait, il sautait en bas du mur pour se précipiter à sa rencontre. Le grand-père ne permettait pas que le facteur remît le courrier à son petit-fils.

– J'ai quelque chose pour toi, disait le facteur. Mais il faut attendre.

Le petit garçon accompagnait le facteur dans la maison et le regardait remettre sa lettre au valet de chambre qui la portait dans le bureau du grand-père. L'après-midi, à l'heure du thé, dans la bibliothèque, la lettre était posée sur la table, et le Dr Nagel lui donnait la permission de la prendre et de l'ouvrir.

En haut de la page, l'écriture de Laszlo Nagel était toujours claire et régulière – Peter n'avait jamais aucune difficulté à déchiffrer « mon fils bien-aimé ! » –, mais ensuite l'écriture se penchait, comme si les mots allaient dégringoler, pour se perdre finalement dans un barbouillage illisible.

Peter devait se résoudre à demander l'aide de son grand-père. Toutes les semaines, il posait la même question :

– Grand-père, tu peux me la lire ?

Et toutes les semaines, le vieux monsieur prenait un air maussade, mais ensuite il dépliait soigneusement la lettre comme si c'était déjà une opération délicate, et la lisait à haute voix.

– On arrive toujours à lire l'écriture de son propre fils, observait-il, si étranger qu'il vous soit devenu.

Les lettres racontaient en détail, et sur un ton joyeux, la vie de la maison, ce qu'avait fait Mme Bilka et dit Thea. Elles parlaient de la grande ville, des soirées, des belles dames et des beaux messieurs de la société berlinoise. Et elles promettaient toujours qu'on se réunirait dès que la situation le permettrait, et elles prévoyaient effectivement aussi une amélioration de la situation car: «Je suis un homme qui a de la chance, il ne faut pas que tu l'oublies.» Et le père de Peter terminait invariablement par de joyeuses réaffirmations de la plus tendre affection pour le destinataire qu'il appelait toujours «mon seul et unique fils préféré».

– Ce qu'il y a en bas, il vaut mieux que tu le lises toi-même, ça ne me regarde pas. Et si tu n'arrives pas à le lire, tu n'auras rien perdu.

Peter travaillait toute la semaine à la rédaction de ses réponses qu'il essayait de rendre tout aussi spirituelles et tout aussi enjouées, même s'il n'était pas d'humeur particulièrement joyeuse ni spirituelle.

L'enfant racontait à son père ce qui se passait dans la localité, bicn qu'il n'en fût guère informé et dût par conséquent l'inventer pour une bonne part. Il parlait d'invités que recevait son grand-père, alors que le grand-père n'invitait presque jamais, de sorte que Peter devait inventer aussi ces invités, il parlait de Mlle Stecker, qu'il n'avait pas besoin d'inventer, parce que Mlle Stecker était aussi présente que les jours de la semaine.

Jamais il n'osa avouer à son père que le Dr Nagel lui lisait toutes les lettres. Il écrivait : « Ton écriture est difficile à lire, mais j'y arrive, bicn entendu. » Seules les dernières lignes des lettres de Peter étaient tout à fait vraies, une simple constatation : « Papa, tu me manques tellement. »

Et son père lui adressait en réponse

des lettres exubérantes et pleines d'esprit. Il parlait parfois de choses désagréables, mais toujours de manière à les rendre drôles. Souvent il se contentait de parler du temps. «Toute cette semaine, on aurait dit que le temps voulait me chasser d'Allemagne. Je suis resté autant que possible à la maison. Aujourd'hui j'ai quand même fini par oser sortir. Le ciel n'avait attendu que ça. Il m'a versé dessus une eau boueuse grise et blanche avec de furieux grondements de tonnerre tandis que je me précipitais de nouveau à l'intérieur. Maintenant il rassemble ses forces...» Et inévitablement il terminait par ces réaffirmations de tendre émotion que le grand-père ne voulait pas lire, parce qu'elles lui semblaient trop étrangères, trop démesurées.

– La suite, tu peux la reconstituer

tout seul – ça ne regarde que toi et ton père, disait-il en fronçant le nez. « Mille caresses et mille tendres baisers » – on n'aurait pas fini, tu manquerais l'heure du dîner.

Jamais le Dr Nagel ne disait rien de gentil à personne ; Peter ne pouvait même pas imaginer qu'il l'eût jamais fait. Il n'aimait pas beaucoup son grand-père. La peau rêche comme de l'écorce sur le visage et sur les mains, la moustache comme de la mousse, l'odeur d'eau de toilette, de désinfectant et de tabac lui répugnaient. Mais il le respectait, comme tout le monde. Le Dr Nagel savait… Le Dr Nagel savait mieux que tout le monde. Après tout, il était médecin.

Et le Dr Nagel était bon. Jamais il ne renvoyait ceux qui lui demandaient de l'aide. Il n'avait plus établi de notes d'honoraires depuis des années. Mais si Peter avait voulu faire des câlineries avec son grand-père – cet homme grand et raide aurait sans doute été incapable de ce geste. Si jamais quelque chose qui vînt du cœur lui arrachait quelques paroles affectueuses, il se contentait de dire en passant : « Tu le sais, que je t'aime bien. »

*
* *

Peter fêta Noël 1938 avec son grand-père et Mlle Stecker. La cuisinière avait fait rôtir une oie, le valet de chambre avait dressé un arbre de Noël au salon, et les bonnes avaient décoré la table avec des bougies. Tout le monde était réuni autour du sapin ; on chanta des chants de Noël hongrois et allemands, puis Mlle Stecker offrit à Peter un cache-nez qu'elle avait tricoté pendant ses longues soirées de liberté, et elle en offrit aussi un au Dr Nagel. Celui-ci lui remit à son tour une enveloppe avec de l'argent, en lui demandant de s'acheter quelque chose qui lui plairait. Il donna aussi à Peter une enveloppe avec de l'argent, en lui conseillant de le mettre de côté.

Ensuite, Mlle Stecker donna un baiser à Peter qui mit quelques minutes à effacer discrètement les traces invisibles de ce baiser. Le Dr Nagel, lui, ce soir-là, passa deux fois la main sur la tête de Peter. Un patient reconnaissant avait offert au vieux monsieur une perruche bleue qui se nommait Bobbi et qui savait dire «Bobbi» et «Alleluia»; tout le monde concentra toute son attention sur l'oiseau.

Après Noël, l'hiver traîna en longueur, et jamais le Dr Nagel n'évoquait l'éventualité que Peter pût un jour revoir son père. Puis le printemps vint. Bobbi était apprivoisée, si bien apprivoisée qu'elle n'avait pas besoin de cage. Elle avait juste un perchoir dans la bibliothèque et volait en tout sens dans la pièce comme il lui plaisait puis se posait sur son barreau en bredouillant des alleluias. Un jour, l'oiseau se gratta la gorge – « Heuhum » – exactement comme faisait parfois le Dr Nagel ; dès lors ce dernier lui prêta davantage d'attention. Très vite il lui apprit à dire : « Comment allez-vous ? » et : « Enchanté ! » L'oiseau n'était pas aussi intimidé que Peter. Il appréciait la compagnie du docteur, se posait souvent sur le bord de son livre quand le docteur lisait et picotait les pages. Pour une mystérieuse raison, le docteur ne lui en voulait pas des dommages qu'il causait à sa bibliothèque. On pouvait repérer désormais les livres qu'il avait lus dernièrement parce que le bord supérieur des pages était en dents de scie.

Comme le Dr Nagel ne l'en empêchait pas, l'après-midi, Bobbi se posait aussi de plus en plus souvent sur le bord de son gobelet de thé, et chaque fois que le docteur buvait une gorgée, l'oiseau montait avec le gobelet à hauteur du visage du docteur. Bobbi prit l'habitude d'attendre que le thé eût un peu refroidi, avant de se poser prudemment sur le bord du gobelet tant qu'il était encore sur la table. Mais un beau jour, elle prit trop d'élan, apprécia mal son coup, atterrit trop précipitamment et plongea la tête la première dans le gobelet.

Le Dr Nagel regarda la victime immergée. Seules les extrémités des plumes de la queue dépassaient encore du thé. Enfin, il les prit entre le pouce et l'index et repêcha l'oiseau. Bobbi s'ébroua de telle sorte que le thé rejaillit de tous les côtés, puis elle s'envola. Le vieux monsieur la regardait froidement.

– Bobbi est trop audacieuse. Mais le médecin a pour mission de sauver la vie, et sauver la vie fait toute sa joie.

Il regardait son petit-fils et prenait en disant cela une mine solennelle. Peter se félicita de s'être retenu de rire.

Entre-temps c'était l'été. La bonne et la cuisinière bavardaient ensemble et se racontaient que l'Allemagne préparait la guerre. Mais les dispositions de la maison du Dr Nagel semblaient tenir la politique en échec. Petit déjeuner, déjeuner, thé et dîner – telles étaient les règles. Et les frontières qui comptaient étaient tracées à l'intérieur de la maison. Peter n'entrait jamais dans l'élégant salon sans y avoir été invité, pas plus que dans la bibliothèque avant d'y avoir été appelé pour le thé de l'après-midi. Le cabinet de son grand-père n'était pour lui qu'une porte fermée, il lui était rigoureusement interdit de pénétrer dans cette pièce. Jamais encore le Dr Nagel n'y avait invité son petit-fils. Parfois, il le faisait venir un instant dans sa garde-robe pour lui montrer tel ou tel objet de famille conservé dans une des grandes armoires à vêtements. Même le terrain autour de la maison était divisé en une zone, où il avait le droit d'aller – la pelouse sur laquelle il jouait désormais au football tout seul (le valet de chambre était trop âgé, il était devenu trop raide), le jardin où il allait s'asseoir les jours d'été, le bois sur l'arrière qu'il pouvait explorer –, et une zone interdite : le verger et le potager.

Peter se serait sans doute senti très seul si son père n'avait pas tenu parole en lui adressant régulièrement des lettres de son horrible écriture. Tous les samedis sans exception, arrivait une lettre de Laszlo Nagel à son fils bien-aimé. Et tous les samedis, à contrecœur, le grand-père lisait la lettre à Peter dans la bibliothèque, laissant tomber chaque fois la fin, parce qu'elle était trop personnelle, trop ardente, tout simplement gênante, comme si le contenu de la lettre ne l'était pas déjà assez ! Car dans ses lettres Laszlo parlait à son fils de choses vraiment curieuses : il consacrait parfois une lettre entière à un film qu'il était allé voir, il entrait si bien dans les détails que Peter avait l'impression de voir le film défiler devant ses yeux – et plus tard lorsqu'il se retrouvait sur son lit et qu'il regardait en l'air par sa lucarne, il le voyait véritablement. Ou bien, Laszlo parlait de Thea – elle avait un prétendant, un jeune homme charmant qu'elle allait épouser. Il racontait que, depuis, elle cuisinait beaucoup mieux parce qu'elle s'exerçait pour son futur mari. Et qu'elle avait maintenant une voix beaucoup plus calme. De temps en temps, dans une lettre, il parlait aussi de Mme Bilka. Il n'y avait plus rien à faire contre les pigeons depuis que M. Bauer « n'était plus là », et Mme Bilka en perdait son latin. « La suite la semaine prochaine ! » ajoutait-il toujours avant de terminer en assurant son fils de tout son amour.

– Laszlo est trop passionné en tout, déplorait le Dr Nagel en tendant la lettre à Peter. Tu peux lire le reste toi-même.

C'était de nouveau l'automne. Un an s'était écoulé.

– Je t'ai lu cinquante-deux lettres, soupira le Dr Nagel un samedi après-midi en ouvrant la missive suivante. Et Laszlo demeure toujours un étranger pour moi.

Le Dr Nagel plissa le front en voyant les premières lignes et il murmura :

– « Mon fils bien-aimé. »

Les rides se ramifièrent en s'enfonçant profondément dans tout le visage :

– Il s'agit encore d'un film qu'il est allé voir. Heuhum. Je commence…, dit le grand-père et il commença.

Il lut d'une voix calme, froide jusqu'à l'endroit où il y avait : « La suite la semaine prochaine. » Là, il s'arrêta et tendit la lettre à Peter avec un dernier soupir de rédacteur en chef.

– Ton père est une tête brûlée. Il l'a toujours été, tu peux t'estimer heureux que je m'occupe de toi, ajouta-t-il.

Pour Noël 1939, ils mangèrent à nouveau de l'oie, et Mlle Stecker leur offrit à tous des mouchoirs brodés à la main. L'Allemagne avait déclaré la guerre et elle l'avait gagnée, elle avait étendu ses frontières, on pouvait l'entendre gronder. «Parfois les pays grondent, écrivait le père de Peter, avant d'exploser. Mais ici, au centre de l'explosion, on vit en sécurité et agréablement. Hier, je suis allé au cinéma avec Thea. Son mari, soldat, est stationné en Pologne, il lui manque beaucoup. Je lui ai juré que la vie ne serait plus la même pour moi si elle ne me faisait plus la cuisine. Je me suis gardé de lui avouer que je serais tout à fait content avec de la saucisse et de la réglisse tous les soirs. »

Printemps, été, automne.

– Cent quatre lettres, constata tristement Peter.

L'Allemagne avait de nouveau déclaré la guerre. Pour Noël 1940, Mlle Stecker leur offrit des porte-lettres qu'elle avait confectionnés elle-même.

– Heuhum ! fit le Dr Nagel en dépliant la cent dix-septième lettre de son fils Laszlo Nagel à son petit-fils Peter Nagel.

Combien de lettres viendraient encore, se demandait l'enfant, jusqu'à ce qu'on puisse s'en passer parce qu'il reverrait son père.

« La vie d'une grande ville, écrivait le père de Peter, n'est ni ennuyeuse, ni dangereuse pour quelqu'un qui a toujours de la chance. Appuie-toi dans ton fauteuil et laisse-moi te raconter les aventures que j'ai vécues cette semaine au cours de trois mémorables soirées.»

«Comment va Bobbi? demandait-il une autre fois. Peut-être pourriez-vous lui apprendre à dire quelque chose d'utile comme: "Au secours! Au secours!"»

Le Dr Nagel grimaça en lisant ce passage.

Le grand-père permit à Peter d'emporter la photographie de son père du salon dans sa chambre. Elle était maintenant sur la table de Peter qui pouvait regarder au fond de ces yeux noirs tout en écrivant: «Mon cher papa, il vaut mieux que tu ne donnes pas de conseils quant à ce que nous devrions faire avec Bobbi.» Si seulement il avait pu déchiffrer lui-même les lettres de son père. « Peut-être que tu pourrais écrire un peu plus lisiblement. »

« J'essaierai d'écrire plus lisiblement », répondit le père de Peter en une première phrase parfaitement bien écrite du début à la fin. Mais ensuite la passion de ce qu'il avait à raconter l'emportait de nouveau et les mots se penchaient comme sous une cascade.

Printemps, été, automne. Cent cinquante-six lettres. Pour Noël 1941 Mlle Stecker leur offrit des tableaux encadrés qu'elle avait peints elle-même. Celui qu'elle donna au Dr Nagel représentait une perruche volant majestueusement les ailes déployées comme un aigle. Pour Peter, elle avait choisi un thème historique qu'elle avait traité avec lui dans le courant de l'année – une pyramide et, devant la pyramide, un chameau au pelage roux représenté de profil. Le petit garçon se sentait confusément lié à ce chameau. De même que cet animal survivait plusieurs jours sans eau, il arrivait à tenir toute une semaine sans nouvelles de son père. La perruche de Mlle Stecker alla selon toute apparence dans le cabinet du Dr Nagel, tandis que la pyramide et le chameau trouvèrent place sur la commode de Peter.

Deux cent huit lettres.

« Ces derniers temps, j'ai beaucoup vu Thea, écrivait Laszlo Nagel à son fils. Je suis allé danser avec elle pour la consoler. C'est tragique ce qui est arrivé à son mari, mais ce genre de tragédie est assez fréquent ici ces temps derniers. Son enfant naîtra le mois prochain, mais elle dansait quand même comme un tourbillon. »

Un samedi, peu après Noël, il se produisit un miracle. Une lettre du père de Peter était arrivée. Mais de loin déjà, du haut du mur, Peter avait deviné qu'elle avait quelque chose de différent de l'ordinaire. Il essaya de voir l'enveloppe de plus près, quand le facteur la remit au valet, mais le facteur était pressé et lui boucha la vue sans ménagement. La matinée ne voulait pas passer, comme si le déjeuner puis l'invitation à la bibliothèque ne devaient jamais arriver. Pourtant le meilleur moment de la semaine arriva enfin. L'enveloppe était effectivement différente. Et la lettre à l'intérieur aussi. Elle était tapée à la machine, de sorte que Peter pouvait lire tous les mots et n'eut plus besoin de recourir une seule fois à l'aide de son grand-père.

«Tu n'étais pas le seul à souffrir de mon écriture», écrivait son père. Une bonne amie lui avait offert pour Noël une machine à écrire, bien qu'il fût assez difficile de se procurer une machine à écrire même à Berlin, à cause de la guerre. «Une fois de plus, je suis un homme qui a de la chance: j'ai une vraie machine», écrivait encore Laszlo Nagel à son fils et il terminait par mille baisers paternels dont Peter n'avait pas besoin d'être embarrassé, puisqu'ils étaient tapés à la machine et que son grand-père ne les verrait jamais.

À partir de ce jour, les lettres de son père furent pour lui et pour lui seul.

«Ne te fais pas de souci pour moi, écrivait Laszlo Nagel. Bien que ce soit la guerre, je vais très bien. Et bien que tu ne sois pas là, ce que je regrette beaucoup, je le déplore tous les jours, au moins une heure durant, mon fils bien-aimé. »

Apparemment à Berlin par les temps qui couraient, les gens ne faisaient rien d'autre que la fête. Il y avait de grandes soirées tous les jours. Mme Bilka et M. Schneider invitaient l'un ou l'autre les habitants de la maison à prendre le thé.

« Hier soir, je suis allé à un bal avec Thea. Elle a été l'étoile de la soirée. Elle portait une robe rouge large avec un jupon empesé. Bien entendu, elle a demandé de tes nouvelles ; elle en demande toujours. »

Dans sa réponse, Peter parlait de la bicyclette qu'il avait trouvée dans un champ où quelqu'un l'avait abandonnée, et que personne n'était venu réclamer. En fait, Peter n'avait pas de bicyclette, car il n'en avait jamais trouvé, et son grand-père estimait que pour un si petit garçon la bicyclette était beaucoup trop dangereuse. « Ma bicyclette est rouge, et elle a la sonnette la plus forte que tu puisses imaginer. Je sais déjà en faire, je vais très vite, surtout en descendant. »

« Et moi, répondit le père de Peter, je me suis acheté une moto. Elle est noire, avec un side-car où j'emmène parfois quelqu'un. Mme Bilka m'a demandé si elle pourrait y monter un jour. »

Il arriva encorc cinquante lettres tapées à la machine, puis ce fut à nouveau Noël.

Un après-midi de la fin de l'été 1943, Peter avait déjà onze ans, il sentit que quelque chose dans la maison était différent de l'ordinaire. Peter avait pris le petit déjeuner avec son grand-père comme à l'accoutumée, il avait eu cours avec Mlle Stecker jusqu'à midi, comme toujours. Le déjeuner aussi s'était déroulé normalement. Ensuite il avait raccompagné Mlle Stecker jusqu'à la porte et il était allé faire ses devoirs dans sa chambre. Entre-temps, il était devenu assez grand pour ne plus faire la sieste, mais depuis que personne ne l'y contraignait, il avait découvert le plaisir de dormir un moment après le déjeuner. Ce jour-là, il commença une nouvelle lettre destinée à son père, il lui parlait d'un chien enragé qu'il avait rencontré en faisant de la bicyclette. Le chien avait de l'écume sur la gueule et il l'aurait presque fait tomber de sa bicyclette si lui,

Peter, n'avait pas appuyé si fort sur les pédales qu'il avait pu s'échapper. Peter avait rédigé quelques phrases pour dépeindre sa témérité, quand il pensa à son lit et au bonheur qu'il pourrait lui offrir s'il s'y étendait et fermait les yeux un moment. Enfoncé dans ses oreillers, il entendit devant la porte une sourde agitation. Il se redressa. Une voiture s'éloignait dans l'allée. Peter ne se demanda pas qui venait d'arriver ou de partir. Il avait trop sommeil.

Lorsqu'il descendit plus tard, il sentit que quelque chose avait changé dans la maison. Le silence s'y était répandu. L'endroit avait pourtant toujours été silencieux, mais ce nouveau silence avait un autre son.

Il y avait un an environ, la perruche, Bobbi, avait dit brusquement : « Nom de

Dieu!» Le juron avait révolutionné quelque peu la petite famille du maître de maison et de ses domestiques. Le Dr Nagel ne savait pas lequel de ses employés avait pu user de termes incorrects devant la perruche, ou même cherché à les lui apprendre intentionnellement, pervertissant ainsi son vocabulaire. Le grand-père de Peter avait horreur de la méfiance, il avait résolu le problème en offrant Bobbi au prêtre de l'endroit, qui purifia vite le langage de l'oiseau. Depuis le départ de Bobbi, aucun bruit étranger n'était venu remplacer ses cris. Pourtant le silence dans la maison du Dr Nagel avait une tonalité pénétrante qui s'était modifiée cet après-midi-là.

Enfin Peter entendit de l'eau couler à la cuisine. Il trouva la cuisinière au travail.

– Ton grand-père, dit-elle, est allé voir un ami à Budapest. Il sera de retour ce soir.

Ne courant aucun risque de croiser son grand-père, Peter traînait donc dans la maison. Il ne nourrissait aucun projet précis, et cependant il était irrésistiblement attiré par la zone qui lui était interdite. Bref, il sentait que l'appel de la curiosité l'attirait vers le bureau de son grand-père.

La lourde poignée de laiton était assez haute, à hauteur de l'épaule de Peter. Il la contempla avec admiration. Cette poignée dorée était familière à la main de son grand-père, le vieux monsieur l'actionnait plusieurs fois par jour. Un gouffre d'une profondeur inimaginable séparait les onze ans de Peter de l'âge qu'il fallait atteindre pour avoir le droit de toucher la poignée. Peter l'effleura du bout des doigts puis recula. Elle offrait un contact froid. Tout en la regardant, il pensa qu'on pouvait aussi faire autre chose. On pouvait s'y suspendre. On pouvait se suspendre de tout son poids à la poignée ; elle ne céderait certainement pas. Ce doit être merveilleux de se suspendre à cette poignée, se dit Peter. La porte était sûrement fermée à clef, il n'y avait donc rien de mal à cela, il pouvait essayer.

Il attrapa la poignée à deux mains et souleva lentement les pieds du sol. La poignée s'abaissa. La porte s'ouvrit.

Du seuil Peter vit à côté de la fenêtre qui donnait sur le jardin de derrière un grand bureau sombre. Le mur d'en face était couvert de rayonnages de bibliothèque. Sur l'un de ces rayonnages étaient disposés toute une série de bocaux les uns à côté des autres. Et dans ces bocaux on voyait flotter quelque chose, quelque chose qui ressemblait à de petites poupées. Des poupées en conserve. Très curieux.

Peter avança d'un pas, et comme la foudre ne lui tombait pas dessus tout de suite, il fit encore un pas. À droite de la porte était accroché le tableau de Mlle Stecker représentant une perruche. Peter fit encore un pas. Puis un autre encore. Les bocaux contenaient de minuscules bébés nus.

Sur un autre rayonnage, il y avait d'autres bocaux, contenant de bizarres morceaux de chair comme la viande que l'on voyait habituellement chez le boucher, mais vieille. Il régnait dans la pièce une odeur aigre, répugnante. Les autres rayonnages étaient chargés de gros livres sombres, qui ressemblaient à des bibles, mais lorsque Peter en tira quelques-uns et les ouvrit il constata qu'ils étaient pleins d'illustrations horribles de toutes sortes de maladies et de personnes malades. Peter s'arrêtait constamment et tendait l'oreille vers la porte. Les criquets stridulaient dans les buissons derrière la maison.

Sans doute l'entendrait-il, si la voiture revenait. Il respira profondément et poursuivit ses investigations. Contre un mur, il y avait une armoire avec une foule de tiroirs contenant chacun des tablettes de tailles et de couleurs différentes. Sur le bureau, à côté de la machine à écrire, était posé un verre à moitié plein d'un liquide doré. Peter le renifla : de l'alcool. Il ouvrit un tiroir du bureau. Des plumes, des crayons, de quoi écrire. Il ouvrit un autre tiroir. Du papier, de toutes les couleurs et de tous les formats possibles. Il ouvrit un troisième tiroir et tomba sur une simple boîte en carton.

Il retint son souffle et prêta l'oreille pour savoir si une voiture approchait. Rien. Alors il sortit le carton, l'ouvrit. Il débordait presque de feuilles pliées. Des lettres. Il prit celle qui était sur le dessus, et fut bouleversé. Il reconnut sa propre écriture. C'étaient les lettres qu'il avait écrites à son père. Il commença à fouiller, sans faire attention à l'ordre, il mélangea tout. Il les contemplait, chaque mot lui portait un coup douloureux. Toutes les bêtises qu'il avait pu écrire. Et son grand-père les avait lues toutes! Toutes les histoires inventées, la fausse gaieté, la vantardise.

La bicyclette rouge. Peter remit les lettres à leur place et regarda encore dans le tiroir. Il y avait une deuxième boîte en carton, avec une deuxième série de lettres à son père. Il commença à se douter de quelque chose.

Il regarda la machine à écrire. Une page était engagée, avec plusieurs lignes déjà tapées. C'était une lettre, qui commençait ainsi : « Mon fils bien-aimé ! »

*
* *

Peter continua d'écrire à son père, toujours sur le même ton joyeux. Il se ridiculisait, sciemment désormais. Il parla encore longuement de sa bicyclette. Et il lisait ligne à ligne les lettres de son père, essayant de se réjouir comme par le passé des nouvelles plaisantes, de cette affection qu'il ne recevait jamais de son grand-père. Que faire d'autre? Il ne pouvait pas avouer au Dr Nagel qu'il avait farfouillé dans son bureau. Quant au courage de demander la vérité, il ne l'avait pas.

De toute façon, la situation était en train de changer. Dans la rue, les gens disaient que les Allemands allaient arriver. Bientôt la cuisinière le proclama même ouvertement à la cuisine. Lorsque le Dr Nagel entendait le personnel parler des Allemands, il se mettait en colère. Il se rendit à la cuisine et déclara:

– Le temps guérit toutes les blessures. Arrêtez de vous tracasser pour les nazis. Les Allemands ne viendront pas. Je sais de quoi je parle.

Comme il avait toujours su de quoi il parlait, les employés se turent, honteux.

Pendant un certain temps, ils le crurent.

Puis les murmures recommencèrent. Les Allemands arrivent. Le père de Peter a de grosses difficultés. Le père de Peter a fait partie d'une conspiration. Le père de Peter a été arrêté.

Cette fois, le Dr Nagel les prit un à un. Il alla voir la cuisinière à la cuisine, la bonne à la cave où elle faisait du rangement, le valet au garage, où il astiquait la voiture, et le jardinier au jardin.

– Arrêtez ces bavardages stupides, demanda-t-il. Je suis vieux, et je ne peux pas le supporter. Je suis médecin, je sais comment les choses se passent dans le monde, ou non?

Ils acquiescèrent.

– Si je vous dis, en tant que médecin, que les Allemands ne vont pas arriver, vous pouvez me croire.

Ils se sentirent à nouveau soulagés, ils le crurent. Il était le médecin de l'endroit, en outre, c'était Noël. Fin janvier, les bruits recommencèrent. La petite ville n'était située qu'à cinq kilomètres de la nouvelle frontière allemande. Elle serait la première à tomber. Les Allemands arrivent. Le père de Peter a conspiré, il a procuré de faux passeports à des Juifs, il a été exécuté. Le père de Peter est mort.

Le 2 mars 1944, le Dr Nagel se rendit à la banque. Au retour, il déjeuna comme tous les midis. Après le repas, il rassembla tout le personnel de la maison autour de la table. Il invita aussi les voisins. Il offrit à chacun un verre de sherry. On était aussi serré autour de cette table que le jour des noces de Laszlo et de Dalia.

– Les Allemands ne vont pas arriver, déclara-t-il. Je le sais. Et pour vous le prouver, je vais vous régler vos gages pour six mois d'avance. Est-ce que je ferais ça si les Allemands allaient arriver ?

Et très solennellement, comme tout ce qu'il faisait, il distribua des enveloppes. Chacune d'elles contenait un gros paquet de billets, très exactement la somme qu'il aurait dû leur régler pour six mois de travail. Après avoir obtenu de chacun la promesse que pendant six mois ils le laisseraient tranquille avec leur peur stupide, il se retira dans son cabinet comme il le faisait toujours après le déjeuner.

Le valet prépara un petit discours de remerciement qu'il lui lirait l'après-midi à l'heure du thé. La table était mise dans la bibliothèque. Mais le Dr Nagel ne vint pas à l'heure. Une demi-heure plus tard, le thé était froid. Le valet appela Peter et lui dit :

– Frappe à la porte de ton grand-père, et rappelle-lui que c'est l'heure du thé.

Peter frappa. Chaque fois qu'il passait devant la porte du cabinet, la mauvaise conscience le reprenait. Comme son grand-père ne réagissait pas, Peter alla chercher le valet, qui frappa à son tour, et comme il n'obtenait toujours pas de réponse, le valet appela la cuisinière, qui frappa elle aussi.

La cuisinière entra. Elle trouva le Dr Nagel penché en avant sur son bureau, les bras ballants. Sa tête reposait sur la machine à écrire et cachait la page qu'il était en train de rédiger.

Du seuil, Peter vit la main de la cuisinière se poser sur l'épaule du vieux monsieur et reculer en tremblant, il la vit pencher lentement la tête en arrière, ouvrir la bouche millimètre par millimètre, tandis que ses yeux s'exorbitaient. Un curieux frémissement qui remonta le long de sa gorge fit jaillir le cri qui finit par déchirer l'interminable silence de la maison du docteur.

Lorsque l'employé des pompes funèbres vint chercher le Dr Nagel, il jeta un coup d'œil sur les derniers mots que le défunt avait tapés et fut un peu étonné.

« Mon fils bien-aimé,

Le printemps pénètre enfin aussi dans le Nord. »

– Quel malheur ! murmura cet homme comme il le faisait toujours.

Son métier n'avait pas étouffé chez

lui la révolte contre la mort. Mais peut-être qu'en réalité c'était une chance. Car le lendemain, les Allemands arrivaient.

*
* *

Une sage vieille dame, une optimiste, qui avait beaucoup vécu et connu toutes sortes de choses dans la vie, disait un jour : le grand malheur se trouve toujours entre deux saisons de bonheur. Elle ne donnait aucune précision quant à la durée de chaque saison. Ce qui se passa après l'interruption de la correspondance entre Peter et son père fait encore partie du temps de malheur, mais ça finit très bien, et la fin aussi mérite d'être racontée. La vieille dame qui en savait si long sur la fatalité du bonheur était la grand-tante de Peter. Elle habitait Budapest, et comme c'était la dernière parente de Peter qui fût encore en vie, ce fut elle qui le prit en charge après la mort de son grand-père.

Tante Eva était si vieille qu'elle avait renoncé à se souvenir de son âge. Pourtant elle était encore très agile et accordait une grande valeur à certaines choses. Par exemple aux vêtements. Elle devait avoir la garde-robe la plus importante de tout Budapest, aucune armoire n'aurait pu contenir tout ça. Elle entreposait donc ses affaires dans la plus grande chambre de son appartement – chapeaux et perruques étaient disposés les uns à côté des autres sur le lit, les robes suspendues au mur comme de précieux tableaux – et elle dormait dans la chambre destinée à la bonne. Lorsque Peter arriva chez elle et qu'elle se fut remise de son émerveillement et de sa crise de jalousie à cause de ses cheveux roux, elle lui céda le lit de la bonne et dormit dès lors elle-même, sans la moindre plainte, sur le divan du salon.

– Quand je dors, je ne fais évidemment pas attention à ce qu'il y a autour de moi.

Peter demeura plus d'un an chez tante Eva et vécut avec elle le meilleur et le pire à Budapest – mais c'est une autre histoire. Lorsque la guerre se termina, ce qui fut loin de mettre fin à la misère dans bien des régions de l'Europe, tante Eva et son neveu reçurent une visite d'Allemagne – une femme terriblement maigre et fatiguée qui avait mis des jours et des jours pour parvenir jusqu'à Budapest et qui portait sur le bras un petit enfant. C'était Thea avec sa fille.

En fait, le père de Peter avait purement et simplement inventé l'histoire du mariage de Thea avec un soldat. En réalité, Thea avait épousé Laszlo Nagel, et ils avaient eu un enfant, Hannah. Ainsi Peter se retrouvait-il brusquement doté d'une petite sœur. Et désormais il avait aussi une mère.

Peter fit ses adieux à tante Eva en lui promettant de revenir la voir bientôt. Thea l'emmena avec Hannah dans la ferme où elle-même avait grandi en Allemagne du Sud et où il y avait à manger en quantité. Après tant de malheur et la perte de Laszlo, elle était devenue très patiente et elle adorait Peter.

Aujourd'hui, Peter lui-même est un vieux monsieur aux cheveux blancs qui a trois enfants et dix petits-enfants. Il est toujours vêtu avec élégance, comme tante Eva il a gardé quelque chose du caractère impétueux de son père, et il a le cœur chaleureux de Thea, mais il est calme et réfléchi comme son grand-père, le Dr Nagel.

